藤原定家

Fujiwara Teika

村尾誠一

コレクション日本歌人選011
Collected Works of Japanese Poets

笠間書院

『藤原定家』——目次

凡　例

一、本書には、鎌倉時代の歌人藤原定家の歌を五十首載せた。

一、本書は、定家の文学者としての生涯を辿れるようにすることを特色として、それぞれの作品で成し遂げようとしたものを解説することに重点をおいている。

一、本書は、次の項目からなる。「作品本文」「出典」「口語訳」「鑑賞」「脚注」「略歴」「略年譜」「筆者解説」「読書案内」「付録エッセイ」。

一、テキスト本文と歌番号は、『新古今和歌集』については岩波新日本古典文学大系『新古今和歌集』に拠り、その他は主として『新編国歌大観』に拠り、適宜漢字をあてて読みやすくした。

一、鑑賞は、一首につき見開き二ページを当てた。

藤原定家

01

桜花《さくらばな》またたちならぶ物ぞなき誰《たれ》まがへけん峰の白雲

【出典】治承二年三月賀茂《かも》別《わけ》雷《いかずち》社《しゃ》歌合

桜の花の美しさに、立ち並ぶことができる物などあるはずはない。いったい誰が、白雲などに見誤るなどと言い出したのだろうか。

現在知ることができる定家最初の歌である。治承《じしょう》二年（一一七八）三月、上《かみ》賀茂《がも》神社《じんじゃ》に奉納する歌合《うたあわせ》での三首のうち「花」の題で詠まれた作品である。定家は十七歳、当時としても若い。歌人としても修練の途上にあり、判者《はんじゃ》となった父俊成《しゅんぜい》の配慮によってか、兄の成家《なりいえ》＊とともに、六十人の歌人の一人に名を連ねている。

父はすでに歌の世界の大家であり、その子定家もアマチュアの域にとどま

＊成家—鎌倉時代初期の歌人（一一五五—一二二〇）。藤原俊成の長子。

るわけにはいかない。そういう若い歌人にとって、この時代は厚い壁に囲まれている。『古今和歌集』*を起点にしても三百年近い和歌の積み重ねがある。しかも、貴族生活の全盛期の中、多くの才能のある歌人たちの手によってである。あまりにも多くの名歌がすでに存在している。そこから新たな物を産み出して行かなくては本当の存在感のある歌人にはなれない。そのあたりの力みがそのまま出てしまっている作品だと読むことができよう。さすがに勝負*でも負けとなっている。

「花」すなわち桜を白雲に喩《たと》えるのは、和歌においては当たり前の手法である。例えば『古今和歌集』の「桜花咲きにけらしなあしひきの山の峡《かひ》より見ゆる白雲」(春歌上・五九・紀貫之)は、その典型といえる一首である。そもそも桜の花は遠い山に咲く花であり、この花の本来のあり方にもかなっている。『古今集』の仮名序でも、すでに、この詠み方は伝統と意識されている。その伝統そのものを拒絶することで、桜の美しさを際立たせようとしている。桜の美しさへの定家の強い思いは伝わる。

*古今和歌集―最初の勅撰和歌集。醍醐天皇の下命により、紀貫之、紀友則、凡河内躬恒、壬生忠岑の撰。延喜五年(九〇五)成立。

*勝負―相手は五歳年長の藤原公時。歌は「年を経ておなじ桜の花の色をそめますものは心なりけり」。

02

天《あま》の原《はら》思へばかはる色もなし秋こそ月のひかりなりけれ

【出典】新勅撰和歌集・秋歌上・二五六

天空には、考えてみれば、何ら色が変わるものがあるわけではない。秋だとはっきり知らしめるのは、月の光なのだ。

定家は、二十歳の養和《ようわ》元年（二八一）四月、最初の百首歌「初学百首《しょがくひゃくしゅ》」を詠む。百首歌は一般に、四季・恋・雑の和歌の中心となる主題をすべて含む、いわば小全集である。歌人としての力が試される。定家にとってこれが本格的な歌人としてのスタートであると言えよう。この百首歌は彼の個人歌集、私家集《しかしゅう》の『*拾遺愚草《しゅういぐそう》』の最初に置かれている。ここには若い天才の片鱗《へんりん》が示される作品がいくつか見られる。これもその一首であり、晩年に『新勅撰*

【語釈】○天の原―ここでは天空の意味。

*拾遺愚草―藤原定家の私家集。上・中・下の三巻に拾遺愚草員外とよばれる続編を加える。約三七六〇首の歌を収める。

*新勅撰和歌集―第九番目の

和歌集』に自撰している。

　中秋の明月に代表されるように、秋の月の美しさは通念であるとともに、和歌の伝統的な主題である。上の句では、そうした常識に疑問を投げかけてみる。天空には秋が来たからといえ何の変化もないはずだと。天空に想像力をめぐらすのは、彼の持つ浪漫《ローマン》的な心によるものであるが、地上の秋は草木の紅葉に彩られるという対比も意識されていよう。そうした疑問を構えるからこそ、下の句の一見唐突な月の美しさへの讃歎《さんたん》は説得力を持つ。前の歌に見たような、ひたすら強引に伝統の壁を打ち破ろうともがく姿ではなく、注意深く言葉を組み立てることにより、あらたな美に至ろうとしている。

　ところで、若い定家を囲む時代は、源平の合戦が本格化しようとする激動期にあった。前年治承四年（一一八〇）八月には東国ですでに源頼朝*が挙兵をしている。その年十二月には、六月に平家の手により強引に行われた現在の神戸市の福原への遷都《せんと》が挫折した。そして、この養和元年の閏二月には平清盛*が病没している。

勅撰和歌集。後堀河天皇の下命により、定家が単独で撰。嘉禎元年（一二三五）成立。

*源頼朝―やがて征夷大将軍として鎌倉幕府を創設する（一一四七―一一九九）。

*平清盛―武家の出身だが、太政大臣に至り、平家全盛時代を現出させる（一一一八―一一八一）。

03

いづくにて風をも世をも恨みまし吉野の奥も花は散るなり

【出典】千載和歌集・雑歌中・一〇七三

いったいどこで、花を散らす風も、この住み難い世の中も、恨んだらよいのだろうか。俗世を離れたはずの吉野の奥でも、風によって桜は散っている。

源平の合戦が終わった翌年文治《ぶんじ》二年（一一八六）二十五歳の定家は、知られる所では三度目の百首歌を詠む。西行《さいぎょう》*が伊勢神宮に奉納する「二見浦《ふたみがうら》百首」を歌人たちから集めるのに応じたものである。すでに彼が若い歌人として成長していることを示す作品が見られる。

吉野は奈良の山地であり、『古今和歌集』においても、「み吉野の山のあなたに宿もがな世のうき時のかくれがにせむ」（雑歌下・九五〇・読人不知）

【語釈】○吉野―大和国の歌枕。桜の名所でもあり隠遁の地でもあった。

【本歌】いづくにか世をばいとはむ心こそ野にも山にも迷ふべらなれ（古今和歌集・雑歌下・九四七・素性法師）

などと隠遁の地として憧れをもって捉えられていた。その奥に分け入っても俗世の苦悩を象徴するように、美しい桜を散らしてしまう風から逃れることはできない。この世界の住みにくさをわが身の感傷の形で印象づけている。これは、父俊成の得意とする詠み方であり、俊成が撰んだ『千載和歌集《せんざい》』*にも入集《にっしゅう》している。

この百首歌を詠むことを勧めた西行は、吉野に深く分け入る隠遁の歌人としても知られていた。さらに吉野の桜の詠み手としても著名であった。この歌には先人西行を意識し、彼に対する尊敬の意を伝え、挨拶するような意図もある。それ以上に、壁として存在する古典を自分の栄養として、その上に世界を作り上げてゆく方法もしっかりと取得した様子も示している。『古今和歌集』の素性《そせい》の歌が本歌《ほんか》である。野山に分け入っても自分の心は迷うであろう、どこで俗世を厭《いと》うたらいいのかと素性は歌うが、定家は、その心の迷う様《さま》を、吉野の奥で風に散る華麗な桜で印象づけてもいる。素性の世界から一歩前へ行った作品となっていよう。

*西行—平安時代後期の歌人（一一一八—一一九〇）。定家の時代にあって、生前も没後も大きな存在感を持つ。

*千載和歌集—第七番目の勅撰和歌集。後白河院の下命で藤原俊成撰。文治四年（一一八八）成立。

04

見渡せば花も紅葉《もみぢ》もなかりけり浦の苫屋《とまや》の秋の夕暮

【出典】新古今和歌集・秋歌上・三六三

あたりを見渡しても、花もなければ紅葉もないのだなあ。わびしい漁師の小屋だけがあるこの海岸の秋の夕暮には。

やはり「二見浦百首」での作品だが、定家の代表作に数えられる一首である。『新古今和歌集』*では、「三夕《さんせき》の歌」*として知られている。「秋の夕暮」自体が寂しさを呼び起こす主題として確立していることを示す一連の作品として並んでいる。一言で言えば感傷なのだが、秋という凋落《ちょうらく》の季節の哀感が、一日が終わる夕暮という時間の情感に重なる。一方、夕陽は華やかでもある。様々な風景や歌人の身のあり方も重ねられて、感傷が説明できない複

【語釈】○苫屋―カヤの類を編んで作った筵である苫によって囲まれた粗末な小屋。

*新古今和歌集―第八番目の勅撰和歌集。後鳥羽院の下命で、源通具・藤原有家・藤原定家・藤原家隆・藤原雅経の撰。元久二年（一二〇五）

雑さで表現される所が魅力となる主題である。

この歌の場合、さらに中世的な美意識を代表する歌としても捉えられることが多い。すなわち、華麗な物を一切そぎ落とした世界の美しさであり、侘《わび》茶《ちゃ》などにもつながる世界とされる。茶道の古典である『*南方録《なんぽうろく》』にも、この歌は茶の湯の美意識を代表するものとして引かれている。その場合、全く最初から何も華やかな物のない風景を考えるのではなく、一度詠まれた花や紅葉の華麗な印象は打ち消されながらも残るという、残像効果を前提とした美の複雑なあり方を考えるのが普通である。それこそが中世的美の本質であり、それをいち早く表現し得た作品がこれであり、若い天才の手柄として考えるのである。

また、この歌が『源氏物語』の明石巻を踏まえているのではないかという指摘も早くからなされている。明石の入道邸から、入道の弾く琵琶を聞きながら海岸を眺める場面である。*確かに言葉が重なり注目させられる。定家が光源氏の心境でその眼になって詠《よ》んでいると考えるのは、この時代の歌として十分あり得るのだが、源氏の場合、季節は花も紅葉も時期的に存在しない夏である。

成立。
*三夕の歌―「さびしさはその色としもなかりけり真木立つ山の秋の夕暮」（寂蓮法師）「心なき身にもあはれはしられけり鴫立つ沢の秋の夕暮」（西行法師）。
*南方録―千利休の美学を十六世紀の終わり頃に南坊宗啓が筆録したとする茶道書。
*明石巻の場面―「はるばると物のとどこほりなき海づらなるに、なかなか、春秋の花紅葉の盛りなるよりは、ただそこはかとなう茂れる蔭どもなまめかしきに」

05

あぢきなくつらきあらしの声もうしなど夕暮に待ちならひけん

【出典】新古今和歌集・恋歌三・一一九六

どうしようもないくらいの、相手のつらさを知らすような荒々しい嵐の音を聞きながら、来ない恋人を待つ夕べ。いったい人はなぜ夕暮に待つなどということを習慣にしたのだろうか。

これも「二見浦百首」の中の恋歌である。「あぢきなし」は砂をかむような感覚であり、「つらし」は、嵐の音の激しさと共に、自分のもとに来ないであろう恋人の薄情さである。それでも恋人を待ちながら夕方の時間を過ごしている。どうして人は夕暮に待つなどという習慣をはじめたのだろうかと、昔からの慣習をなじる下の句であるが、そこで表現したいのは、昔の人もそうだが、自分自身もそういう時間を過ごすことに慣れてしまった悲しさである。
二十五歳の若い歌人の感性が発露されているような瑞々《みずみず》しさを持った作品である。事実、七百年以上の時空を越えて、昭和初期の若い詩人である立原《たちはら》*道造《みちぞう》が、浅間山麓での失恋を歌う『萱草《わすれぐさ》に寄す』中の「またある夜に」という詩の中の一聯《いちれん》で定家の下の句を見事に蘇らせている。

その道は銀の道　私らは行くであらう
ひとりはなれ……（ひとりはひとりを
夕ぐれになぜ待つことをおぼえたか）

若い定家の恋愛体験と立原のそれとの重なりを考えれば実に興味深いのだが、古典和歌の中で夕暮に待つのは女に限られる。夜になってから男が女のもとに通うという和歌に歌われる恋愛制度からすれば必然的である。だから定家の歌の「私」は女性であり、定家は女性の立場に立って歌っているのである。そうである以上、仮構された恋愛体験の表現であり、定家の時代の恋*歌のほとんどがこのような形での創作であると言ってよい。そのような中でも作者の個性は反映される。これもこの時期の定家らしい作品である。

＊立原道造―昭和期の詩人。『新古今和歌集』に強い関心を持った（一九一四―一九三九）。

＊恋歌―実際の恋の場面で歌われる歌も当然ある。しかし、この時代に作品として残される歌は、歌会などで恋の題を与えられて詠まれたものが多い。

06

わすれぬやさはわすれける我が心夢になせとぞいひてわかれし

【出典】拾遺愚草・上

私は忘れてしまったのか。そう、忘れてしまったのだ。自分の心を。逢瀬の別れ際に、このことは夢になしてしまおうと言ったのを。だから、今恋しくてならないのだ。

やはり若い定家の二十六歳の作品である。女流歌人殷富門院大輔《*いんぷもんいんのたいふ》の企画による百首歌での一首である。「逢不逢恋《あいてあわざるこい》」の題で詠まれた作品で、思いが叶《かな》いながらも、何らかの事情で逢えなくなってしまった恋人の嘆きを詠むことが求められるのである。それを、無理とも言えるくらいに言葉を連ねて詠んだ難解な一首である。

逢えなくなって恋しくてならない状況を、自分が別れ際にこの逢瀬《おうせ》を夢に

＊殷富門院大輔―鎌倉初期の女流歌人。『百人一首』に「見せばやな雄島の海人の袖だにもぬれにぞぬれし色は変はらず」の歌を残す。

してしまおうと言ったことを忘れてしまったからなのだと、逢えなくなってしまった理由を、男である自分が自問するような作品として読んだ。この読みは、定家に強い憧れをいだいた正徹《*しょうてつ》の読みにしたがってのものである。歌論『正徹物語』で、難解な歌として将軍足利義持《*よしもち》から下問《かもん》を受けたのに答えた解だとする。

同時に義持から下問された重鎮《じゅうちん》歌人である耕雲《*こううん》は、正徹とは違った見解をもっていた。初句は女の側からの発問であり、「あなたは忘れてしまったのですか、そう、忘れたのですね、私の恋心など、この逢瀬《おうせ》を夢だと思って下さいと言ってあなたは別れたのだから」と女から詰問《きつもん》する、男女の立場が入れ替わった解となっている。正徹の解が当時の人々からも支持されたと『正徹物語』には書かれているが、どちらが妥当であるかは決しがたい。肝心なのは、男女どちらの立場からかという、根本的に相反する解釈を生んでしまうほどに難解な作品を作り上げてしまうのも、定家の特質であり魅力でもある点である。

＊正徹―室町時代の歌人（一三八一―一四五九）。『正徹物語』はその聞き書き風の歌論書。

＊足利義持―室町幕府四代将軍（一三八六―一四二八）。和歌や能楽を好んだ。

＊耕雲―室町時代の歌人（一三五〇？―一四二九）。

07

須磨《すま》の海人《あま》の袖に吹きこす潮風のなるとはすれど手にもたまらず

【出典】新古今和歌集・恋歌二・一一一七

須磨の海人の袖を音たててひるがえしながらも、吹きすぎてゆく風のように、二人の逢瀬がかなっても、手の中からすり抜けてしまうような、あなたなのだなあ。

同じ「殷富門院大輔百首」の作品である。上三句を序詞《じょことば》として、風が音を立てる「鳴る」と、男女が親しくなる「慣《な》る」とを掛け、親しくなりながら、しっかりと手中にできない恋人を歌う作である。古典的な型で詠まれた作品だが、これも、男の立場と見るか、女の立場と見るかで解釈が分かれる。

徽子女王の本歌をもとにした作品であるが、本歌自体は詞書《ことばがき》から、*村上《むらかみ》

【本歌】なれゆくはうき世なればや須磨《すま》の海人《あま》の塩焼き衣まどほなるらむ（新古今和歌集・恋歌三・一二一〇・女御徽子《きし》女王）

【参考】伊勢の海に塩やく海人の藤衣《ふぢごろも》なるとはすれど逢はぬ君かな（後撰和歌

天皇からしばらく逢わないが（「間遠なれや」）と言われたことへの返歌である。上二句の解釈も「慣れると途切れがちになるのは世の常であるが」と定まり、そもそも実際の恋人関係の中での作品であり、女の立場以外の何物でもない。その世界の延長上に見るならば、これも、間遠《まどお》になろうとする男への恨みと読むことができるだろう。しかし、手にもたまらずというイメージは、むしろ相手を自分の物にしようとする男性的な働きかけを読ませる言葉であり、やはり男性の立場の歌と読みたくなる。参考としてあげた躬恒の歌は詞書によれば、同じ宮仕《みやづか》え所で見馴れた女に対しての歌であり、見馴れはするけれど男女の関係にならないことを嘆く男の立場であることは明白である。この歌とも世界は近いであろう。

いずれにせよ、すり抜けるように自分から離れて行こうとする愛情の通わない相手への嘆きであることには違いなく、それを象徴するような序詞のイメージの形成も巧みである。

集・恋三・七四四・凡河《おうしこう》内躬恒《ちのみつね》）

＊村上天皇―『後撰《ごせん》和歌集』下命の天皇（九二六―九六七）。

08

帰るさの物とや人のながむらん待つ夜ながらの有明《ありあけ》の月

【出典】新古今和歌集・恋歌三・一二〇六

あなたは私以外の女性のもとから帰る道で、別れを惜しみながら眺めているのでしょうか。私があなたが来ないとは知りながら待ち続けて夜を明かし、今見ているこの有明の月を。

二十六歳の定家は冬に歌人*藤原《ふじわら》家隆《かりゅう》と二人で百首歌を詠んでいる。「閑居《かんきょ》百首《ひゃくしゅ》」とよばれる私的な作品である。この歌は先の二首と比べれば立場は判然としている。男の通《かよ》いが絶えてしまった女の立場である。通って来ないのを知りながら、習慣になってしまった待つことをとどめられずにいる。夜を明かし有明の月が見えている。この同じ月を通ってこなくなった恋人は、今頃他の女性のもとから帰る途上に見ているのだろうと想像する。

＊藤原家隆—鎌倉時代初期の歌人（一一五八—一二三七）。定家とライバルの関係にある歌人である。家集に『壬二《みに》集』。

この歌は当時から評判が高く、同時代をやはり歌人として生きた鴨長明《かものちょうめい》*が『無名抄《むみょうしょう》』の中で、『新古今和歌集』の中に「わが心に優れたる歌三首」の一首としてあげている。

恋の場面としてはよくありそうな出来事だと思われるが、人間関係は単純ではない。その単純ではない人間関係を、ありふれた言葉を効果的に配置することで巧みに表現しきっている。相手の男の現在に対する女の想像が、「らん」という何でもない現在推量の助動詞に息づいている。「ながむ」は物思いに沈んで視線を遊ばせる様子だが、もちろん、男が他の女との一夜を惜《お》しんで物を思う様《さま》である。この女も「ながむ」情態《じょうたい》にあるのだが、これは男にすっかり忘れられてしまった悲しさである。実は「ながむ」は二人のみならず、もう一人の女にも共有されているはずだ。その思いはそれぞれ差がある。そのあたりまでも、定家の想像力が行き渡っている。歌人として成熟した様子を示している。

＊鴨長明―『方丈記』で知られるが『新古今集』の歌人である（?―一二一六）。『無名抄』はその歌論書。

09

里びたる犬の声にぞ知られける竹より奥の人の家居《いへゐ》は

【出典】玉葉和歌集・雑歌三・二二五七

人里で飼われている犬の声によって知ることができる。この竹藪の向うにも人家のあることが。

同じく「閑居百首」での作品である。犬は昔から人に飼われていたが、必ずしも和歌によく詠まれる素材ではない。定家はこうした歌材にも挑戦している。この挑戦は十四世紀の京極派《きようごくは》の歌人たちの注目するところになり、彼等の勅撰和歌集である『玉葉《ぎよくよう》和歌集』ではそうした作品が何首か撰ばれている。その一首がこれである。

竹藪《たけやぶ》の中にひっそりと住む人家があり、その場所が犬の声でわかるという

＊京極派—定家の子孫である京極為兼《きようごくためかね》を中心とする歌人の集団。十四世紀における革新的なグループであった。『玉葉和歌集』は為兼を撰者とする第十四番目の勅撰和歌集。一三一二年成立。

構図は中国的な桃源郷《とうげんきょう》を想像させる。人に知られず自足した生活を人々が送る桃源郷では、のどかに鶏や犬が鳴いていると表現されることが多い。何らかの方法で桃源郷に至った人が、竹藪の向うから聞こえてくる犬の声で人々の居ることを知るのである。こうしたイメージは、定家が漢文や絵画によって学んでいたものと思われる。

一方、里びた犬は『源氏物語』*浮舟巻にも登場する。宇治十帖《うじじゅうじょう》の浮舟をめぐる匂宮《におうのみや》と薫《かおる》との三角関係の場面である。恋敵《こいがたき》である薫の手によって厳重に警戒された浮舟の家に近づけずにいる匂宮に犬は吠えかかる。そこで思うのはどうしても逢いたい浮舟のいる家である。この場面が定家の頭にあったとすると、先ほどの桃源郷のイメージとは全く異なった、緊迫した雰囲気が漂うことになる。

踏まえられた古典をどう考えるかで、歌の世界は一変するのである。さらに、この歌の場合、古典とは関係なく京都郊外の情景などを想像する余地もあるのである。

＊浮舟巻の場面―「宮は御馬にてすこし遠く立ちたまへるに、里びたる声したる犬どもの出で来てののしるもいと恐ろしく」

10　問はばやなそれかとにほふ梅が香にふたたび見えぬ夢のただ路《ぢ》を

【出典】松浦宮物語

あの時と同じようにただよう梅の香に、もう二度とは実現しないかもしれない、あの夢かと思うような逢瀬に導いてくれる、一直線の道を問いたいものだ。

【語釈】○夢のただ路―本来は、実際には逢えない恋人に、夢の中で直接に逢える路を指す。

＊松浦宮物語―定家作と考えられる物語。成立に関しては四十代の始めまでと考える説もある。

定家は二十代の終わりから三十代の始めにかけて、物語を創作したと考えられている。現在眼にすることができる『＊松浦宮物語《まつらのみやものがたり》』がそれである。奈良時代に時代設定を行い、遣唐使で派遣された少将と呼ばれる人物が渡った中国を舞台とする作品である。琴の名手との恋愛、中国の内乱での少将の活躍、彼の国の后《きさき》との恋と、ストーリーにやや飛躍が大きく不自然だが、スケールの大きな物語である。

特に、帝を失い若君を後見して善政を敷く后《きさき》との恋はロマンチックで幻想的な展開を見せている。とうてい遂げることのできない恋の思いに一人寝られぬ夜に、梅の香《か》の漂う山里を訪ねて、不思議な美女と出会い契りを結ぶ。ここで選んだ歌は、その不思議な美女を梅の香の中で悶々《もんもん》と思う場面で詠まれた一首である。無論、山里で出会った美女は謎の存在であり后であるとの確証があるわけではない。そもそも、夢かとも疑われる体験である。たとえ夢であったとしても、どうしてもまた逢いたいという、切実な恋慕《れんぼ》に、夕暮の梅香の中で悶《もだ》えるのである。

厳密にはこの物語が定家の作であることが確定できているわけではない。しかし、日記『明月記《めいげつき》』*には、若き日に梅香に誘われるように夜の京の街をさまよう印象的な記事も見られる。また、年上の高貴な皇女である式子内親王《しょくしないしんのう》*へ定家が強く恋慕していたことが後には説話化される。『松浦宮物語』は、こうした若き日の定家の虚実を交えた思いの有様《ありさま》が結実した物語としても楽しまれているのである。

＊明月記―定家の手による漢文日記。十九歳の一一八〇年から七十四歳の一二三五年に及ぶ記事が現存。
＊式子内親王―「しきしないしんのう」とも。後白河院皇女の女流歌人（一一四九―一二〇一）。

11

望月《もちづき》のころはたがはぬ空なれど消えけん雲のゆくへかなしな

【出典】拾遺愚草・下・雑

満月の頃にと、かつて歌っていたのと違うことなく、西行は荼毘《だび》の煙となって空に昇っていった。みごとな往生ではあったが、煙が雲となり消えていった行方は何とも悲しい。

【詞書】建久元年二月十六日、西行上人身まかりにける。終り乱れざりけるよし聞きて、三位中将のもとへ

（建久元年二月十六日、西行上人は亡くなった。臨終の様子は立派だったと聞いて、三位中将殿のもとへ詠んで贈った）

*文治《ぶんじ》六年（一一九〇）二月十六日、西行が亡くなった。歌人たちには大きな衝撃であり、彼等の家集には、この大歌人を偲《しの》んだ歌が残されている。若い定家もその一人である。彼等の念頭にあったのは、西行の『*山家集《さんかしゅう》』に載せられた「願はくは花の下にて春死なむその如月《きさらぎ》の望月《もちづき》の頃」の一首である。この歌の通りの往生《おうじょう》であったことが彼等を驚かせた。定家も「今年十六日望月也」と、西行の没した十六日が満月であったと『拾遺愚草』に記してい

る。
当時の死の理想は、死と同時に西方極楽浄土に迎えられることであった。その象徴として、浄土からの迎えである紫の雲が死者の頭上に棚引《たなび》くということも言われていた。西行の場合もそうだったと彼の生涯を物語にした『西*行物語』などにも記されている。臨終の直後からも歌人達にもそう信じられていたようで、この歌を受けた*藤原公衡《きんひら》も「紫の色と聞くにぞなぐさむる消えけん雲はかなしけれども」と詠《よ》んでいる。

定家はよく西行と対比的な存在として捉えられるが、西行を尊敬しその影響を受けることが大きかった。この前年には、西行が自らの秀歌を二つの歌合の形にして伊勢神宮に奉納したが、定家は、その一つである『宮河歌合《みやがわうたあわせ》』に勝負を付して、その根拠を判詞《はんじ》に書くという大任を緊張のもとで果たしている。それだけにその偉大さを印象付けられた彼には、西行の死を耳にしたことは衝撃的であったであろう。また、判詞を書くことは西行の依頼によるものであり、西行の若き定家への期待の大きさも知られる。

*文治六年―この年は建久元年に改元される。

*山家集―西行の最も主要な私家集。自撰によると思われる。

*西行物語―西行の一生を記した物語。鎌倉時代中期には原形が成立したか。

*藤原公衡―平安時代末期の歌人（一一五八―一一九三）。詞書の「三位中将」はこの人。

12

さむしろや待つ夜の秋の風ふけて月をかたしく宇治の橋姫《はしひめ》

【出典】新古今和歌集・秋歌上・四二〇

思い人の訪れを待つ莚《むしろ》を敷いた冷たい床には、その人が来ないまま夜が更けて行くことを告げる寒々とした秋風が吹き、月の光だけがさしてくる。その月光のもとで独り寝る宇治の橋姫よ。

西行が没した年、彼を追悼する歌会として*藤原良経《りょうけい》を中心に「花月百首《かげつひゃくしゅ》」という試みがもたれた。定家も参加した花と月の五十首ずつからなる百首歌である。この作品は月の一首であり、『新古今和歌集』でも秋歌上に載せられていて、主題は月である。しかし、月の光に照らされながら、来ない恋人を待つ床に、一人臥す橋姫が主題のようにも読める。

宇治の橋姫は、『古今和歌集』の「さむしろに衣片敷《かたし》きこよひもや我を待

【本歌】鑑賞文参照。

*藤原良経―鎌倉時代初期の歌人。定家の仕えた九条家の当主で、そのサロンに定家たちを集めたパトロンでもある（一一六九―一二〇六）。

つらむ宇治の橋姫」（恋歌四・六八九・読人不知《よみひとしらず》）という作品をもとにした和歌世界でのヒロインである。特に定家の時代の歌人達はこの橋姫を好み、競い合うようにそのイメージを作中に詠み込んでいる。『宇治の橋姫物語』なる物語が存在したか否かをめぐる議論も定家の時代にあったが、何らかの伝承をもとにした伝説的な存在なのであろう。定家の歌は『古今和歌集』のこの歌からしっかりと詞《ことば》を取り込み、本歌取《ほんかどり》の手法で彼女の姿を際立たせている。その姿には恋人が来ない女の嘆きが息づいていて恋歌に見紛《まが》うほど艶《つや》やかである。四季の歌に恋歌的な妖艶《ようえん》さを詠み込むのはこの時代の傾向で、定家の得意とするところであった。

それにしてもこの歌は言葉に特色がある。三句目の「風ふけて」は、風が吹き続けるままに夜が更けて行く有様であり、四句目の「月をかたしく」も、独り寝の床に月だけがさしている様である。こうした凝縮されたような言葉は中世の和歌の特色の一つである。

13

あけばまた秋のなかばもすぎぬべしかたぶく月の惜しきのみかは

【出典】新勅撰和歌集・秋歌上・二六一

八月十五夜の今夜が明けると、秋の半ばも過ぎてしまうことになる。傾いてゆくこの満月が惜しいだけなのだろうか。いや、秋全体が惜しいのだ。

同じ「花月百首」で月の歌五十首の中間近くに配された一首である。八月十五夜は、暦の上でも秋の中間点であり、夜が明ければそれを越えることになる。美しい満月が沈んでしまえば、美しい秋も半ばを過ぎる。「かは」という反語《はんご》で歌いおさめられているが、その返答は容易であろう。あまりに当たり前な道理が詠まれている。無論、その当たり前さの中に秋を惜しむ深い気持ちは籠《こも》るのであるが、すでに見てきたような表現の冒険者としての定家とはそぐわない。

しかし、この歌は晩年に自らが撰者であった『新勅撰和歌集』に撰んでおり、中世の説話でもこの歌を定家の名歌とするものは多い。例えば『十訓抄《じゆっきんしょう》』では、摂政藤原良経から当代の歌人の第一人者を下問された藤原家隆が、この歌を書いた懐《ふところ》に入れていた紙を落として去ったという話を載せている。十五世紀の歌人正徹の証言によれば、当時和歌所《わかどころ》では定家の命日にこの歌の三十一字を頭に歌を詠むことが行われていたという。中世においてもこの歌の評価が高かったことが知られる。

中世のみならず、このような穏和《おんわ》な形で、誰にでも納得できるような作品を良しとする評価はあってもよいだろう。また、このような歌は誰にでも詠めそうでいて実はそうではないのかもしれない。晩年において勅撰和歌集を撰ぶに際して、自身の作品の中からそれを見出だしたと考えるならば、やはり定家の眼は非凡だと言わなくてはならないであろう。

*十訓抄―一二五二年成立の説話集。武士世界用に通用する十種類の徳目に従って説話を集めている。

*藤原良経―12参照。

*藤原家隆―08参照。

*正徹の証言―『正徹物語』(06参照)に見える。

14

おもだかや下葉にまじるかきつばた花踏み分けてあさる白鷺《しらさぎ》

【出典】風雅和歌集・春歌下・二六一

おもだかの葉が伸びている。下葉のあたりには杜若《かきつばた》の花が咲いて、その花を長い足で踏み分けながら、白く長い首で餌《えさ》を漁《あさ》る白鷺よ。

【語釈】○おもだか―水辺に生える長い葉を持つ多年草。

実に色彩感に富んだ一首である。おもだかの葉の緑に杜若の青が混じり、真っ白な鷺が魚を漁る。足も首も長い白鷺は、縦長の構図の極彩色の絵を構成しているようである。定家の和歌の色彩鮮明な絵画的な特質として取り上げられることの多い作品である。無論、白鷺は首を上下させながら移動するのであり、静止した絵には留まらない動画的な動きまでが詠まれているとも言える。

定家がそうした特質を持つ理由に、彼の母の存在をあげる場合が少なくない。母の美福門院加賀《びふくもんいんかが》は、かつて*鳥羽院の妃である美福門院に仕えていた人物で、父俊成の晩年の妻である。彼女は以前に*藤原為経《ためつね》という人物の妻として、*隆信《たかのぶ》を産んでいる。その藤原隆信は歌人でもあるが、何よりも画家で、似絵《にせえ》と呼ばれる写実的な肖像画の名手として知られている。源頼朝像とされる一幅をはじめ、中世の代表的な肖像画の作者とされている。血筋がすべてではないが、興味深い血縁関係である。

　これは、やはり建久元年（一一九〇・文治六年が途中で改元された）の作品で、「一句百首《いっくひゃくしゅ》」と呼ばれる試みの中での一首である。定家の仕えていた*九条家では、当主の藤原良経をはじめそこに集まる歌人達が実験的な詠歌《えいか》の試みを行っており、これも、あらかじめ決められた句を詠み込み（「勒句《ろっく》」ともいう。この場合は「白鷺」）、五時すなわち十時間で速詠《そくえい》するというものであった。その中にも実験を越えた達成度を持つ作品もあり、これもその一首である。後世『*風雅《ふうが》和歌集』に採られている。

*鳥羽院―平安時代後期の天皇で、退位後、院政の主として長く重きをなす。没後保元の乱が起こる（一一〇三―一一五六）。

*藤原為経―平安末期の歌人。出家後寂超《じゃくちょう》と名乗り、大原の三寂の一人となる（?―一一八七?）。

*藤原隆信―鎌倉時代初期の歌人で画家。定家の異父兄になる（一一四二―一二〇五）。

*九条家―藤原家の一家で、当主は摂政関白となる名門。

*風雅和歌集―第十七番目の勅撰和歌集。光厳院撰。京極派の手による集である。

15

たまゆらの露《つゆ》も涙もとどまらずなき人こふる宿《やど》の秋風

【出典】新古今和歌集・哀傷歌・七八八

ほんのわずかな間といっても、草葉に置く露も涙も、まったくとどまることはない。亡くなった母への恋しさにあふれたこの家に、淋しげに秋風が吹きすさんで。

定家は建久四年（一一九三）二月、三十二歳で母を亡くしている。前の歌で触れた美福門院加賀である。しばらく経ってから五条にあった生家に一人取り残された父俊成を弔問《ちょうもん》した折に、父に向けて詠んだ歌である。俊成の家集*『長秋草《ちょうしゅうそう》』によれば、初秋の七月九日であることが知られる。

『新古今和歌集』の詞書での「野分《のわき》」は台風の如き大風である。そのような日を選んで弔問に出かけて行くのは、『源氏物語』を念頭にするからであ

【詞書】母身まかりにける秋、野分《のわき》しける日、もと住み侍りける所にまかりて

（母を亡くした秋、野分の日に、生家に弔問にでかけて）

【語釈】○たまゆらも―ほんのしばらくの間も。○露―

ろう。桐壺巻で帝が亡き桐壺更衣《こうい》の宅に弔問の使者を遣《つか》わしたのも野分の日であり、御法《みのり》巻で夕霧が紫上を亡くした父光源氏を見舞ったのも野分の日である。夕霧はやはりかつて野分の日に父の家で紫の上を垣間見《かいまみ》たのを回想している。肌寒さをも運ぶ大風に吹かれ、常になく乱れた庭の様を見ながら、亡き母を恋う現実の身体感覚は格別なものであろうが、その背後に『源氏物語』が染みついているのだと想像されるのである。定家の場合、あたかも自身を夕霧になぞらえて、父俊成を光源氏になぞらえていると言えるであろう。

亡くなった母の追悼《ついとう》としては、あまりに芝居めいているとも言えるのだが、この時代の歌人の古典により形成される感性・感覚のあり方を想像させる好例であろう。父俊成は「秋になり風のすずしくかはるにも涙の露ぞしのに散りける」と返歌している。これも同様に『源氏物語』の世界を念頭にしているが、さらに『伊勢物語』四五段の、急に死んだ恋人を男が追悼する場面、「時は六月《みなづき》のつごもり、いと暑き頃ほひに、宵は遊びをりて、夜更けてやや涼しき風吹きけり」も念頭にしていよう。

草葉の「露」と、「全く」の意味を掛ける。

＊長秋草―俊成の私家集で、晩年の作を収める。

【補説】『拾遺愚草』には、父との贈答の形で載せられている。詞書は「秋野分せし日、五条へまかりてかへるとて」。また、ふるくから『新撰朗詠集《しんせんろうえいしゅう》』所収の源為憲《ためのり》の詩句「故郷母有リ秋風ノ涙、旅館人無シ雨ノ魂」の影響が指摘されている。

16

なびかじな海人《あま》の藻塩火《もしほび》たきそめて煙《けぶり》は空にくゆりわぶとも

【出典】新古今和歌集・恋歌二・一〇八二

思う人の方に向けて、なびいて行くことはあるまいなあ。私の胸中の彼の人への思いが、海辺の海人のように塩焼きの火をたきはじめて、その煙が行き所なく空に漂い、くすぶり続けるにしても。

若い定家の修練の場であった九条家での和歌活動のひとつの集約と言えるのが「六百番歌合《ろっぴゃくばんうたあわせ》」である。建久《けんきゅう》四年（一一九三）頃に開催され、十二人の歌人から百首ずつの歌を集めて、六百番の勝負が行われ、詳細な*難陳《なんちん》と俊成による判詞《はんじ》が付せられている。三十二歳の定家はこの家での研鑽《けんさん》の成果を自在に発揮している。難解さを厭《いと》わずに複雑な内容を一首に盛り込み、そこに限りない魅力の感ぜられる歌が少なからず見られる。

【語釈】○藻塩火—塩を作るために海藻を燃やす火。

【本歌】須磨のあまの塩焼く煙風をいたみおもはぬ方にたなびきにけり（古今和歌集・恋歌四・七〇八・読人不知）

おぼろげに消つとも消えむ思ひかは煙の下にくゆりわ

この歌もそのような一首である。「六百番歌合」の題は、その人のことを恋し始めた「初恋」であるが、初句では、思いは伝わらないだろうという諦《あきら》めを、きっぱりと歌っている。きっぱりしているが、「なびかじな」という言葉には、『古今和歌集』の本歌を承《う》けて、恋人のもとには煙が向かっていかないので思いは伝わらない様《さま》と、恋人が自分に靡《なび》かない（自分の心を受け入れない）だろうなという含意《がんい》が込められている。それを受けて、藻塩《もしお》焼きの比喩で、いくら恋の思いを伝えようとしても見込みのない恋人への、あきらめ切れない思いが印象づけられる。

海人《あま》の藻塩焼きを恋の思い（「思ひ」は「火」を含む）の象徴とするのは常套《じょうとう》的であるが、これほどにまで鬱屈した恋情を表現しおおせているのは稀《まれ》であろう。『＊狭衣物語《さごろもものがたり》』の本歌ももとにしているが、その歌のように普通燻《くゆ》り「わぶ」のは燃えている藻塩だが、ここでは、空に昇ろうとしている煙も「わぶ」のである。煙はかろうじて立つのだが、行方を見失ったように停滞する。何とも悲しい恋情の象徴である。

ぶとも（狭衣物語・巻三）

＊難陳―左右のチームに分かれた方人《かたうど》（チームメイト）が、相手の歌を難じること。

＊狭衣物語―十一世紀後半に成立した物語。本歌とした歌は、主人公が手の届かない所に行ってしまった恋人をあきらめきれない気持ちを歌ったもの。

17

年も経ぬ祈る契《ちぎ》りははつせ山をのへの鐘のよその夕暮

【出典】新古今和歌集・恋歌二・一一四二

長い年月を経てしまった。二人の恋が長く続くことを祈り続けてきたが、ついに終わってしまった。今もう一度身を置いている初瀬山《はつせやま》では峰の上で鐘が鳴っている。もう自分とは無関係な夕暮が来たことを告げている。

【語釈】○はつせ山―初瀬山に「果つ」の意を掛ける。

【参考】うかりける人を初瀬の山おろしよはげしかれとは祈らぬものを（千載和歌集・恋歌二・七〇八・源俊頼）

やはり「六百番歌合」での作品であり、この時期の定家を代表する秀作である。無理とも言えるまでに言葉を駆使《くし》して、文脈の屈折も厭わずに歌意を構成して行く作品である。

作中の世界は長い年月の恋が終わって絶望的な気分で迎えた夕暮である。初瀬山《はつせやま》は奈良の長谷寺《はせでら》であり、そこがこの歌の舞台である。平安時代から人々はこの観音に恋の祈願を重ねてきた。この人物も同様に長い時間、恋の永続を祈願してきたのである。しかし、それは遂げられずに終わった。その長い時間を上の句に詰め込んでいる。そして、結句《けっく》の「よその夕暮」。おおよそ前例のないこの一句にも多くのことが詰め込まれる。恋人達にとって逢瀬の時間が夕暮であることは言うまでもない。そんな時間と無関係になった自分の絶望がこの「よそ」という言葉に込められている。あるいは相手は、すでに新しい恋人と逢瀬の時を過ごしているかもしれない。そうした想像が絶望感をいや増しにする。

この歌は、参考にあげた*源《みなもと》俊頼《としより》の名歌（『百人一首』に入る）の影響が強い。俊頼の歌も相当に難解だが、一首に凝縮された時間は定家に比べればはるかに短い。定家の作品は飛躍的に世界を広げている。それだけにより慎重な読みを読み手に要求することになる。歌合《うたあわせ》の判者であった父俊成も、この歌の価値を認めながらも、*その難解さには辟易《へきえき》している。しかし、『新古今和歌集』では確かに輝く一首として重い存在感を主張している。

*源俊頼―平安時代の歌人。『金葉和歌集』の撰者（一〇五五？―一一二九？）。

*その難解さには―判詞に「両首共に風体は宜《よろ》しく見え侍るを、左は、心にこめて詞確かならぬにや（以下略）」とある。定家歌は恋二六番左で、結局は勝ちとなる。

18

忘れずはなれし袖もやこほるらん寝ぬ夜の床《とこ》の霜のさむしろ

【出典】新古今和歌集・恋歌四・一二九一

あの人も私のことを忘れていないならば、二人で重ねた袖を涙で濡らして、寒夜に凍りつかせているのでしょうか。私は寝られないまま霜が置いたような独りの床で過ごしています。

男が通って来なくなってしまった女の立場での歌であるが、何とも寒々とした凍り付いたような風景が印象的である。「霜のさむしろ」は個性的な表現に見えるが、この時代には流行を見た表現である。式子内親王*や藤原良経*などにも作例があり、こうした一種の前衛的な表現が流行したのが定家の時代である。

この歌も「六百番歌合」の一首であり、題は「寄席恋《せきによせるこい》」である。「席」

*式子内親王―10参照。「頼みつる軒端のましば秋くれて月にまかする霜のさむしろ」（式子内親王集）

*藤原良経―12参照。「露の袖霜のさむしろしきしのぶ

は筵《むしろ》の意であるが、霜に凍る筵は、やや貴族の生活実態からはなれた大仰な表現のようにも思える。おそらく、「さむしろに衣片敷《かたし》き今夜もや我を待つらむ宇治の橋姫」（恋歌四・読人不知《よみひとしらず》）という『古今和歌集』の歌から想像を広げたものであろう。この歌も定家の時代に大いに好まれた*一首である。

上の句の「袖」が凍る様《さま》はよく詠まれる心象風景だが、下の句の表現と一緒になれば、際立った凄絶《せいぜつ》とも言える風景となろう。しかし、上の句の存在は、そうした風景の背後に、恋の感情の流れをしっかりと印象づける。

歌合の場では、相手の男の気持ちを思いやる心を「優《ゆう》」だとほめる。果たして今自分と同様に男が涙を流して袖を凍らしていると想像することが当たっているかは、この作中の女にも定かではないであろう。むしろそうでない事態が想像できているのかもしれない。であっても、恋の感情のあたたかい流れはある。こうしたあたたかな感情が冷え冷えとした風景の下に流れているのが、この歌の特質であり、そのような表現を可能にした定家の才能なのであろう。

かたこそなけれ浅茅生の宿」（秋篠月清集）

＊大いに好まれた―12参照。

19

契《ちぎ》りありて今日宮河《みやがは》のゆふかづら長き世までもかけて頼まん

【出典】新古今和歌集・神祇歌・一八七二

前世からの因縁があって、今日神宮の宮河を見ることができた。そこそこに掛けられたゆうかずらのように、長い将来にわたって神の加護をお願いしたいと思う。

定家は宮廷に仕える官僚であり、同時に九条家にも主従のような形で仕えていた。九条家はそもそも藤原氏の筆頭である氏《うじ》の長者《ちょうじゃ》にもなる身分であり、その家を継ぐ良経*は、建久六年（一一九五）伊勢神宮へ公卿勅使《*くぎょうちょくし》として下《げ》向《こう》している。この年に行われる再建された大仏殿の完成を祝う東大寺復興供養の報告のための派遣であった。それに従う形で伊勢に赴いた折の定家の歌である。

【語釈】○みや河―「見る」と「宮河」を掛ける。宮河は伊勢神宮外宮《げくう》を流れる川。○ゆふかづら―楮《こうぞ》の繊維などで作った神前での髪飾り。「長き」「かけて」は縁語。

*良経―12参照。

主《あるじ》である良経はこの時「神風や御裳濯河《みもすそがは》のそのかみに契りしことの末をたがふな」（新古今和歌集・神祇《じんぎ》歌・一八七二）と、記紀神話で、皇室の祖先の瓊瓊杵尊《ににぎのみこと》と藤原氏の祖先の天児屋根命《あまのこやねのみこと》とが協力して日本国を運営することを誓った伝統に思いを馳せる一首を捧げている。

その作品に比べれば、定家の作品はやや小ぶりだと言うべきだが、彼なりに、この体験の重さをかみしめている。やや見えすいたような縁語と掛詞とがはりめぐらされているが、「宮河」にしても「ゆふかづら」にしても伊勢神宮という聖なる空間を象徴するような特別な存在である。それを実際に公卿勅使の供奉《ぐぶ》という晴れがましい体験の中で眼にできた喜びは大きなものがあったと思われる。

源平の合戦の中で平家の軍勢の手により焼かれた東大寺が復興したことは、乱世がともかくも収まったことを象徴するであろう。定家の文学は、古典世界に入ることで時代に背を向けるようにして始まったのだと言えるのだが、こうした当時の宮廷社会を生きる人としての表現も、無視できない側面である。

＊公卿勅使―国家の大事の時、伊勢神宮などに参拝に遣わされる上級貴族。

20 旅人の袖ふきかへす秋風に夕日さびしき山のかけはし

【出典】新古今和歌集・羇旅歌・九五三

旅人の袖をふきかえす秋風に、夕日がさびしくさしている山の険しい道よ。

一読した誰もが、現在の長野県の山岳地帯、信濃《しなの》のあたりの山路を行く旅人の描写と読むであろう。「かけはし」は「桟道《さんどう》」などと言われるが、険しい山道である。夕日は射すが、秋の日差しであり、何よりも風は寒々としている。吹き飛ばされそうに心細い山道を行く、宿に暗くなるまでにたどり着けるかと不安にかられる旅人の心境までが伝わる佳作と読めよう。『新古今和歌集』の詞書も「旅の歌とてよめる」となっている。

【語釈】○かけはし―「梯」「桟」などと書く。崖などに横に渡した橋をいう。

【本説】黄埃《こうあい》散漫トシテ風蕭《しょう》索《さく》。雲桟縈紆《うんさんえいう》トシテ剣閣《けんがく》ヲ登ル。峨眉山下《がびさんか》人行《じんこう》少ナク。旌旗《せいき》光無ク日色薄シ。（白氏文集・長恨歌）

しかし、定家の意図は異なると思われる。舞台は中国であり、時代も唐代である。旅人は玄宗《げんそう》皇帝の軍団である。安禄山《あんろくざん》の反乱軍に追われる形で都長安を捨てて、*蜀《しょく》の地をめざしてその入口である峨眉山《がびさん》を行く一行である。途上に最愛の楊貴妃《ようきひ》を処刑せねばならず、その後、力無く行軍《こうぐん》を続けてゆく風景である。本説《ほんぜつ》として引く*白楽天《はくらくてん》の『長恨歌《ちょうごんか》』に基《もと》づいている。傷心の行軍であり、秋風は最愛の人を失った玄宗の心に響く喪失感である。

定家が唐土に憧れ、奔放にその地に想像力を広げてゆく様《さま》は、すでに『*松《まつ》浦宮物語《らのみやものがたり》』に関連しても触れた。彼にとって中国の古典もまた重要な文学的な典拠であった。特に白楽天の作品はその想像力を刺激するものであった。もちろん、これに自らも経験した源平の合戦時代の風景とも重なるのだが、あくまで、遠い異国の戦乱の情景として描いている。建久七年（一一九六）に九条家で試みられた五句目に定められた漢字を必ず置くというルールで詠《よ》まれた「韻歌《いんか》百二十八首」と呼ばれる会での作品である。ここでは「梯《かけはし》」がその定められた韻字である。

*蜀—現在の四川省成都市あたり。

*白楽天—中国中唐の詩人。白居易（七七二—八四六）。『長恨歌』は玄宗皇帝と楊貴妃の恋を描いた長詩。

*松浦宮物語—10参照。

21

ゆきなやむ牛のあゆみにたつ塵《ちり》の風さへあつき夏の小車《をぐるま》

【出典】玉葉和歌集・夏歌・四〇七

―行き悩む牛の歩みによって立てられた塵を、吹いてゆく風までも、暑く感ぜられる夏の、道を行く小車よ。―

これも「韻歌百二十八首」の作品であり韻字*は「車」である。和歌的な世界に馴染《なじ》む車は牛車《ぎつしや》であるが、これは同じ牛が牽《ひ》くのであっても庶民の荷車を考えなくてはなるまい。牛も貴族の家に飼われるそれとは異なる野性味のある生き物であろう。当時の道は都大路であっても塵埃が舞う。そこには庶民の行き交いも当然あるのであり、定家もこうした風景を目にすることはあったはずである。しかし、それを歌に詠むのは破格なほどに珍しいと言うべ

*韻字―20参照。

きだろう。

あえてそうした世界をも詠み込むところに定家の歌人としての幅の広さを感じることができよう。それ以上に、これは秀作だと言うべきであろう。夏の猛烈な暑さが、実感を伴って伝わってくる。重い荷車を引く牛の、暑さにも重さにも忍従する歩みも目に浮かぶ。風に塵の舞う様《さま》も同様である。一服の清涼剤となるはずの風も猛烈な暑さを運ぶものに他ならない。写実的な作風に慣れた現代人の感性にも十分この表現は新鮮であろう。

さすがに『新古今和歌集』に撰ばれたり、『新勅撰和歌集』*に自撰されることはなかったのだが、十四世紀の写実的な歌風で、中世和歌の伝統からの革新として位置付けられる京極派の『玉葉和歌集』に採られている。特異な作品であるが、勅撰和歌集の一首となっている。正徹《しょうてつ》*には「風あつく照る日の道にゆるぎくる車の牛のあよむゆたけさ」（草根集）のような影響作もあり、文学史の上では孤立していない。

＊新勅撰和歌集—02参照。
＊正徹—06参照。

大空は梅のにほひに霞みつつくもりもはてぬ春の夜の月

【出典】新古今和歌集・春歌上・四〇

大空は梅の香があふれたために霞んでいるが、すっかり曇りきることもなく、おぼろげな光でぼんやりと浮かんでいる春の夜の月よ。

梅の香《か》に満ちた春の夜の朧月《おぼろづき》が詠まれている。本歌として大江千里《おおえのちさと》の歌が踏まえられている。霞のかかった空を、梅の香のために霞むのだと嗅覚《きゅうかく》の充満を視覚に転じるように詠む。感覚を越境する手法は定家の得意とする所であり、近代芸術にも通じよう。千里の本歌では月が主役だが、定家の歌では梅が主役として際立ってくる。『新古今和歌集』でも梅の歌群に配置されている。

【本歌】照りもせず曇りもはてぬ春の夜の朧月夜にしくものぞなき（大江千里・句題和歌　新古今和歌集・春上・五五）

本歌は、大江千里による九世紀末期の漢詩からの翻案歌の試みとされる『句題和歌《くだいわか》』での作品で、『*白氏文集《はくしもんじゆう》』の「不明不暗朧々《ふめいふあんろうろう》タル月」からの翻案だと思われる。その作品世界は、朧月をそのままに詠めばこうなるというものだが、定家の時代には、この歌は格別な存在となっている。『源氏物語』花宴《はなのえん》巻で、ほろ酔い気分の光源氏の前に現われた艶なる美女朧月夜《おぼろづくよ》が口ずさんだのがこの和歌だからである。定家はこの場面と不可分なものとして千里の歌を享受していたと考えられる。朧月夜という女性は源氏の政敵右大臣家の娘だが、やや妖《あや》しい香を放つ春の夜の陶然とした雰囲気そのものなのである。そのようなイメージも定家の歌の中では念頭に置かれている。定家の手法と文学史の蓄積とが見事にマッチした作品であるとも言えよう。

建久九年（一一九八）*守覚法親王《しゆかくほうしんのう》の主催した「*御室《おむろ》五十首」と呼ばれる五十首*歌での作品である。定家三十七歳で、定家らしさが落ち着いた形で定着してきた頃である。

*白氏文集―中国の詩人白楽天（20参照）の詩文集。

*守覚法親王―後白河天皇皇子で歌人（一一五〇―一二〇二）。

*御室五十首―守覚法親王五十首、仁和寺宮五十首とも。

*五十首歌―百首歌と同様だが、歌数が半分の五十首であるもの。

23

霜まよふ空にしをれしかりがねの帰るつばさに春雨ぞ降る

【出典】新古今和歌集・春歌上・六三

冬には、霜がひどく置いていた空で、とまどうように翼をしおらせていた雁《かり》も、春となり、北へ帰る翼には、春雨がやさしく降りそそいでいる。

【語釈】○かりがね―雁《がん》の歌語。「かり」「かりがね」という。

この歌も「御室《おむろ》五十首」での作品である。春の歌であり、下の句に力点がある。それも雁の翼に集約されている。春の優しい雨に濡れた翼の柔らかい動きを想像させる。それが上の句の冬の凍り付いたようなそれと対比される所にこの歌の眼目がある。

雁は言うまでもなく、秋に日本列島に飛来して、春には北へと帰って行く。上の句は冬の情景ではあるが、言葉をたどるとやや分かりにくい。「霜まよふ」は「霜置きまよふ」の意味で、地上に、そして何より雁の翼にも霜がびっしりと置く様子であろう。「空」はそのような翼で辛そうに雁が飛ぶ空でもあるが、地上に置くための霜が満ちて凍りついているのも空である。表現も複雑であるだけに、読み解かれた情景は印象に残る。

それに対して下の句は単純であり、すんなりと情景が想像されよう。難《なん》渋《じゅう》な言葉続きから単純なそれへの推移は、そのまま冬から春への推移と重ねられるとするのはやや読み過ぎかもしれないが、翼の動きに集約されながらも、それが、季節全体の印象に広がりを持つことは確かであろう。

＊帰雁《きがん》という主題は、「春霞立つをみすてて行く雁は花なき里に住みやならへる」（古今和歌集・春歌上・三一・伊勢）のようにせっかくの春を見棄てて帰る雁への惜別《せきべつ》を歌うのが伝統的であり、『新古今和歌集』でもそうした歌がほとんどである。それに比べて、定家のこの歌はやや異質だと言うべきだろう。定家は伝統主義者ではあるが、時にはそこからはずれることを厭《いと》わない側面も持っている。

＊帰雁―春の主題。渡り鳥である雁が春に北へ帰る様を詠む。

24　春の夜の夢の浮き橋とだえして峰にわかるる横雲の空

【出典】新古今和歌集・春歌上・三八

朝を迎えて春の夜の夢が途絶えた。見ると峰から横に棚引いた雲が離れて行く。

これも、「御室《おむろ》五十首」の作品で、定家の、そして『新古今和歌集』の代表歌とされている。春の朝に上昇気流に乗り雲が峰から昇って行く様《さま》が基本的な情景だが、それだけにとどまらない、何ともいえない複雑な読後感の残る作品である。

まずは本歌取の歌であり、『古今和歌集』の壬生忠岑《みぶのただみね》の歌を本歌とする。忠岑の歌は恋歌であり、峰から別れる雲は、自分のもとから去ってしまった

【語釈】○浮き橋―舟を並べて作ったような不安定な橋。

【本歌】風吹けば峰にわかるる白雲のたえてつれなき君が心か（古今和歌集・恋歌二・六〇一・壬生忠岑）

恋人を喩えている。この歌でもそのイメージはそのまま持ち越されている。春の夜の夢はもともと物憂《ものう》い物だが、ここでも恋の夢を見ているのであろう。その夢が途切れた様《さま》が、去って行った恋人を喩えた雲と重なるのである。雲を擬人化《ぎじんか》した表現をそのまま取り込み、忠岑の歌の世界が重ねられるのである。

さらに、峰から別れて行く横雲《よこぐも》は、当時の人々には漢籍である『文選《もんぜん》』*の賦《ふ》を想起させずにはおかない。「高唐賦《こうとうのふ》」という、巫山《ふざん》を訪ねた王が不思議な美女と出会う物語詩である。一夜を共にした美女は、自分は雲の化身《けしん》だと打ち明け、朝には山の雲となり、夕べには雨を降らすので、その様を見て自分を思い出すように言い残し空に昇って行く。この歌の横雲にはそのイメージが加わる。さらに、「夢」ではなく「夢の浮き橋」と表現するならば、やはり当時の誰もが『源氏物語』の末尾の巻名を想起せずにはおれない。

春の朝の情景が、本歌取と連想を誘う複数の言葉による表現を構築することで、実に複雑な含意を持つことになる。フランスを中心とした西洋の象徴詩にも比すべき達成である。

*文選―中国梁《りょう》の昭明太子《しょうめいたいし》編の詩文集。「賦《ふ》」は韻文の形式の一つ。「高唐賦」のこの仙女は「朝雲暮雨」の故事として知られている。

25

夕暮はいづれの雲のなごりとて花橘《はなたちばな》に風のふくらん

【出典】新古今和歌集・夏歌・二四七

夕暮は、いったいどの雲のなごりを運んでくるのであろうか。雲を吹く風が昔の人を思い出させる橘の香りを運んでくる。

同じ「御室《おむろ》五十首」での作品である。夏の歌の一首で季節の歌であるが、恋の思いが結びつき、物語の一場面のような含意を漂わせる秀作である。

もともと、橘の香は昔の人を思い起こさせる。参考に引いた『古今和歌集』の歌以来の伝統である。夕暮は恋人達の行き来の時間であり、橘の香の思い出させる故人は恋人であったことが想像される。夕べの雲は前の歌で言及した「高唐賦」のイメージを重ねることも可能だが、ここでは、「雲のな

【参考】五月待つ花橘の香をかげば昔の人の袖の香ぞする（古今和歌集・夏歌・一三九・読人不知）
見し人の煙を雲とながむれば夕べの空もむつましきかな（源氏物語・夕顔巻）

ごり」という言葉に注目して、故人のなごりとしての、火葬の煙の果てを想像するのがよいであろう。火葬の煙は和歌では重要な素材であり、亡き人を追慕させる。

そうなると、『源氏物語』の夕顔巻の歌が想起される。参考として引いたが、ほとんど本歌と言ってよい強い関与をしている。急死した夕顔の遺骸を東山で荼毘《だび》に付した光源氏は、煙が雲ととけ込む様《さま》を見ながら、彼女のことを思い、たまらない気持ちになっている。その後日談のような文脈にこの歌は位置づけられるであろう。

すでに煙は雲と一体になり、それだとわからなくなっている。そんな雲を見ながら、あたかも光源氏になりきったように夕顔を追慕するのである。物語の主人公に我が身を転位させ、その物語の場面を再現する世界を詠むのは定家の得意とするところであった。その手法が手慣れた境地で実現している一首がこの歌である。

26

わくらばに問はれし人も昔にてそれより庭のあとはたえにき

【出典】新古今和歌集・雑歌中・一六八六

たまたま訪ねてくれた人があったのもすでに昔のことであり、それ以来、私の家の庭には足跡もつかないままだ。

「御室《おむろ》五十首」の雑部「閑居《かんきょ》」題の二首のうちである。『新古今和歌集』でも雑歌中の巻に「閑居の心を」という歌題を付して載せられている。したがって、この歌の主人公は、山深く隠れ住んだ隠者のような存在と考えるのが順当であろう。本歌として在原行平《ありわらのゆきひら》*の歌が考えられるが、事件に遭遇して須磨《すま》に流された折の歌である。この歌の主人公の場合も、何らかの人との交わりをはばかる理由を想起してもよいのかもしれない。結句《けっく》のきっぱりとし

【語釈】○わくらばに—たまたま、偶然に、まれに。

【本歌】わくらばにとふ人あらば須磨の浦にもしほたれつつわぶと答へよ（古今集・雑下・九六二・在原行平）

*在原行平—平安時代の歌

た口調はそれを感じさせる。

しかし、一方ではこの歌は物語的な雰囲気を醸《かも》している。行平から源氏の須磨流《る》謫《たく》を連想できなくもないが、源氏の謫居《たっきょ》では人々の出入りは絶えていない。『源氏物語』であれば、むしろ末摘花《すえつむはな》などの、源氏に愛されながらも音信が絶えてしまい荒れた屋敷に取り残された存在の物語を考えるのが順当であろう。そうであれば、主人公はそうした薄幸の女性を想像させることになる。彼女たちの屋敷はまさに人の訪れも絶えてしまう。人跡の絶えた庭も荒れはててしまう。

隠者と薄幸の女性とではあまりに世界がかけ離れているようにも思える。しかし、隠者は意外に一人住む淋しさや人恋しさを口にする存在である。その心情の底で、王朝の女流文学と通じる面がある。やはり隠者を主人公に読むのが順当であろうが、この歌が物語的な雰囲気を醸すのはそのような事情によるものがあると言えよう。

人。業平の兄。本歌に引いた歌のように、須磨に流された伝承を持つ（八一八—八九三）。

27

梅の花にほひをうつす袖の上に軒《のき》もる月の影ぞあらそふ

【出典】新古今和歌集・春歌上・四四

梅の花の香をうつす涙にぬれた袖の上で、荒れた軒端からもれてくる月光が競い合っている。

「正治初度百首《しょうじしょどひゃくしゅ》」、定家三十九歳の作品である。後鳥羽院《ごとばいん》が最初に主催した百首歌だが、院との密接な関係が始まるのもこの時がきっかけである。定家の今までの模索が、このあたりで本格的な完成を遂げている。そのことを示す代表的な一首である。

この歌は、何より本説として引いた『伊勢物語』第四段の世界を背景にしている。というより、主人公である業平《なりひら》になりきって歌っている。歌の主人

【本説】伊勢物語第四段
またの年の正月《むつき》に、梅の花盛りに、去年《こぞ》を恋ひて行きて、立ちて見、居《ゐ》て見、見れど、去年に似るべくもあらず。うち泣きて、あばらなる板敷《いたじき》に、月のかたぶくまでふせりて、去年を思ひいでてよめる。

公は業平であると言ってよい。今は手の届かない所に行ってしまった恋人とすごした屋敷を、彼女が去った翌年の春に訪ねての感慨である。袖は涙にぬれているはずだが、それはかつての恋人を想《おも》う涙である。定家の歌の舞台も景物も、物語そのままである。

この章段を歌にすることは、この時代のブームとも言え、『新古今和歌集』でも、この歌を筆頭に、同じ場面をもとにした作品が梅歌群の中に四首並ん[*]でいる。古典の主人公になりきり、その世界を再現する古典主義の典型的作品群となっている。

その中で、定家は際立った前衛性を見せている。歌の世界そのものは平安朝物語に直結した古典的なものである。しかし、最後に焦点として結ばれる映像は、涙に濡れた袖の一点に絞られる。そこで、梅の香という嗅覚と、月の光という視覚とが競合し合うという、極めて前衛的な、感覚が交差する風景を作り出している。定家の古典主義者としての面と前衛としての面とが高い境地で合致した一首である。

月やあらぬ春や昔の春ならぬ我が身ひとつはもとの身にして

＊四首並んでいる―「梅が香に昔を問へば春の月答へぬかげぞ袖にうつれる」（藤原家隆）「梅の花たが袖ふれしにほひぞと春や昔の月にとはばや」（源通具）「梅の花あかぬ色香も昔にておなじ形見の春の夜の月」（俊成女）の、定家の歌を含めた四首が連続して載せられている。

28

駒《こま》とめて袖うちはらふかげもなし佐野《さの》の渡りの雪の夕暮

【出典】新古今和歌集・冬歌・六七一

馬をとめて雪に覆われた袖を払う物陰も見あたらない。この佐野の渡し場の雪の夕暮よ。

何とも印象的な風景である。やはり「正治初度百首」の作品である。『万葉集』の歌を本歌とする。この歌の舞台となる「佐野の渡り」については、本歌を受けたものであるが、万葉の研究では、紀伊国、現在の和歌山県新宮市という見解が有力である。しかし、中世の歌人たちには大和国の地名という理解が一般的であったと考えられる。おそらく定家の理解もそうであろう。現在の奈良県の三輪《みわ》山《やま》の麓の初瀬川にあった渡し場というように考えら

【本歌】苦しくも降り来る雨か三輪の崎狭野《さの》の渡りに家もあらなくに（万葉集・巻三・二六七・長忌寸奥麻呂《ながのいみきおきまろ》）

れていたようだ。

　歌に詠まれた地勢をどのように想像するかは幅があってもよいのだが、やはり雪を払う物陰もないような平地の続く中に渡し場のある情景を想像させよう。そうであればむしろ関東の風景を想起させ、駒を駆《かけ》る人物に武士を想像するのも故なしではないであろう。

　能の名作『*鉢木《はちのき》』では、現在もテレビの時代劇で親しまれている水戸黄門のように、諸国を視察する元執権《しっけん》であった出家姿の*最明寺入道時頼《さいみょうじにゅうどうときより》が、雪の中で行き暮れる場面にこの歌が引かれ、佐野は現在の群馬県高崎のあたりの地名とされる。その佐野で宿りを提供し、最後まで残した盆栽を割り火を接待した貧乏武士佐野常世《さののつねよ》が、鎌倉の武者揃いにぼろ馬で駆けつけ、時頼の褒美《ほうび》に与かる話に展開する。

　定家がこの歌を詠む上で、その想像力の範囲に東国武士の存在があったことを想定するのは困難だが、鎌倉幕府の武士の忠誠の物語に展開するのは極めて面白い。言うまでもないことだが、定家の歌での騎馬の人は若い公家が思い描かれているはずである。

*鉢木—作者未詳の能。武士の忠誠が主題とされる。
*最明寺入道時頼—鎌倉幕府五代執権北条時頼（一二二七—一二六三）。

29

君が代に霞をわけしあしたづのさらに沢辺の音《ね》をやなくべき

【出典】拾遺愚草・上

かつて後鳥羽天皇時代に昇殿を許され、霞を分けるようにして殿上にいた鶴が、今はさびしく沢辺で鳴いていて、よいのでしょうか。

これも、「正治初度百首」の歌だが、今までの歌とは色合いが異なる。この百首では「鳥」の題が設けられていて、定家は自身の経歴に即した同様の内容の一連の歌を詠んでいる。彼は、後鳥羽天皇時代、二十四歳の折に、源雅行《まさゆき》という人物と諍《あらそ》い紙燭《しそく》で額《ひたい》をなぐったことで宮中から除籍《じょせき》された経歴を持つ。これは、【参考】にあげた歌を添えた父俊成の嘆願によりやがて解除されたが、後鳥羽院が上皇となってからは昇殿*を許されない地下人《じげびと》のままで

【参考】あしたづの雲路《くもぢ》まよひし年くれて霞をさへやへだてはつべき（千載和歌集・雑歌中・一一五八・藤原俊成）
あしたづは霞を分けて帰るなりまよひし雲路けふや晴るらん（同・一一五九・藤原定長）

あった。この「鳥」題にはそうした嘆きがストレートに表現された作品が詠まれている。その中でも、最も鮮明な形で自らの思いを訴えているのがこの一首である。

この百首歌は後鳥羽院の主催する最初の百首歌であったが、当初は定家の参加は予定されていなかった。それに対して、父俊成は強く働きかけ、結局は後鳥羽院への直訴状《じきそじょう》である『*正治和字奏状《しょうじわじそうじょう》』の提出により、定家を歌人の一人に加えることができた。

一連の「鳥」題で地下《じげ》に留まる悲しみを素直に述べ、この歌のように殿上人《てんじょうびと》となることを強く訴えた思いは後鳥羽院の認めるところとなり、直ちに昇殿が許されるという結果になる。歌によりそれが実現したことは歌人としての定家のプライドに大いに叶うことであり、後鳥羽院の活発な和歌活動の中に入って行くきっかけとなり、歌人としての自己実現にも重要な節目となった。定家にとっては重要な意味を持つ一首である。

*昇殿―宮中の清涼殿《せいりょうでん》の殿上間《てんじょうのま》に登ること。それを許された人を殿上人《てんじょうびと》という。

*正治和字奏状―「正治初度百首」の企画に関わった六条家歌人を批判し、定家がいかに秀れているかが述べられた書状。

30

さくら色の庭の春風あともなし訪《と》はばぞ人の雪とだにみん

【出典】新古今和歌集・春下・一三四

桜色となって吹いていた庭の春風も、まったくその跡を残していない。もし人がこの庭を訪ねて来れば、積もった雪と見るしかないであろう。

「千五百番歌合」[*]となる後鳥羽院が召した三度目の百首歌の一首である。定家四十歳の作である。

業平《なりひら》の作品を本歌としているが、本歌はあくまでも、社交の歌であり贈答の歌である。久しぶりに来たことを皮肉る相手[*]の歌を受けて、今日来なかったら雪しか残らないからね、とやはり皮肉めいたやり取りをする返しの歌である。『伊勢物語』にも、ほぼそのまま男女の小さな物語として入れられて

【本歌】今日来ずはあすは雪とぞ降りなまし消えずはありとも花とみましや(古今和歌集・春歌上・六三・在原業平)

*千五百番歌合―建仁元年(一二〇一)に三十名の歌人に召した百首歌を歌合にしたもの。空前の規模の歌合だ

いる。それを基にしながらも、定家は人の姿の感ぜられない作品に仕上げている。歌合の判者は俊成であったが、父もその手法の達者さに驚いている。

「桜色の庭の春風」はかなり大胆な表現であるが、桜の花が春風に吹かれて舞う様子であろう。やや作り物めいているとも言えるが、たくさんの落花が風に乱舞する鮮やかな風景が描けよう。それを受けた「あともなし」は、花を散らし尽くして風がやみ、庭に落ちた花びらが静止した様《さま》であり、さらには、その庭を訪れて足跡をつける人もない様子であろう。それを受けての下の句であり、「訪はばぞ」と仮定されても、おそらく訪ねてくる人はないのであろう。

この「訪はばぞ」の一句を挟んで、動的な上の句の世界と静的な下の句の世界とが対比される構造になっている。古典を基にしながらも、巧みに全く異なった世界が作りあげられている。このようにして歌を作りこんで行くのが定家の本領である。手が込んでいながら、それを感じさせない静かな落花の印象で終わるのは技法が成熟しているからである。

が、机上で行われたものと思われる。判者は十人が分担している。

＊相手の歌―「あだなりと名にこそたてれ桜花年にまれなる人もまちけり」（春歌上・六二・読人不知）

31

ひさかたの中《なか》なる川の鵜《う》飼《か》ひ舟いかにちぎりて闇《やみ》を待つらん

【出典】新古今和歌集・夏・二五四

月の中の桂の木の名に重なる桂川の鵜飼い舟は、いったい、いかなる前世の契りによって、闇を待つことになったのだろうか。

月の中には桂の木があると考えられていた。その桂《かつら》の名を持つ桂川*の鵜飼いの情景である。鵜飼いは夜に篝火《かがりび》で鮎《あゆ》をおびきよせて、鵜を使ってその鮎を捕る漁猟である。罪深い所行だと捉えられる。それを職業として世を渡ることは前世からの因果だと考えられても、当時であれば故なしとしない。「闇」という言葉は仏教的には大きな重みを持っている。鵜飼いの歌にはそういう人間の悲しさが主題として流れている。

【本歌】ひさかたの中におひたる里なれば光をのみぞたのむべらなる（古今和歌集・雑歌下・九六八・伊勢）

＊桂川―京都の保津川の下流で、大堰川《おおいがわ》と呼ばれる渡月《とげつ》橋《きょう》あたりより下流の名前。

一方、桂の木が生えている月は闇を照らす存在である。月にちなむ桂川にありながら、闇を待つとは皮肉だとするのは、駄洒落《だじゃれ》のような機知の表現ではある。しかし、月は物理的な明かりであるのみではなく、心の闇を照らす存在でもある。その比喩《ひゆ》は仏教では何度も使われている。鵜飼いには月はむしろ邪魔であり、月が出ない夜が望ましい。それは、表現の機知を越えて、鵜飼いの持つ罪に追い打ちをかけることになる。

「ひさかたの」は月をはじめ光るものにかかる枕詞である。「ひさかたの中なる川」は、本歌を根拠に桂川となる。本歌は、桂宮で娘を育てる伊勢*が、温子《おんし》*中宮からの見舞いに返歌したものであり、場や折に即した表現である。中宮の恩恵を月に喩《たと》えたものだが、定家の歌ではそれが全く違った世界に転化されている。時として定家はこうした力業《ちからわざ》とも言える作品を詠むのである。「千五百番歌合」の作である。

＊伊勢―平安時代初期の女流歌人。九世紀から十世紀にかけて活躍。

＊温子中宮―宇多天皇の后で伊勢が仕えた（八七二―九〇七）。

32

ひとりぬる山鳥の尾のしだり尾に霜おきまよふ床《とこ》の月影

【出典】新古今和歌集・秋歌下・四八七

独り寝をする山鳥の長い尾に、霜がひどく置いて、その孤独な寝床の上を月光が照らしている。

定家が本歌としたのは『百人一首』でも有名な一首である。『万葉集』では作者未詳の歌の異伝歌*にすぎないが、当時は、柿本人麻呂*を代表する作品であると信じられていた。山鳥は雉《きじ》に似た鳥だが、雌雄《しゆう》が峯《みね》を隔てて寝る習性を持つとされていた。そして、何より人麻呂のこの歌を通じて、独り寝の象徴とされてきた。

定家の歌の場合は、その山鳥の長くしなるように伸びた尾に、真白な霜が

【本歌】あしひきの山鳥の尾のしだり尾のながながし夜をひとりかも寝む（拾遺和歌集・恋三・七七八・人麻呂）

*異伝歌—『万葉集』の注記で知られるその歌の異った本文。

*柿本人麻呂—七世紀後半に

郵 便 は が き

料金受取人払郵便

神田局
承認

4121

差出有効期間
平成 31 年 6 月
29 日まで

101-8791

504

東京都千代田区神田猿楽町 2-2-3

笠間書院 営業部 行

■ 注 文 書 ■

◎お近くに書店がない場合はこのハガキをご利用下さい。送料 380 円にてお送りいたします。

書名 冊数

書名 冊数

書名 冊数

お名前

ご住所 〒

お電話

読　者　は　が　き

●これからのより良い本作りのためにご感想・ご希望などお聞かせ下さい。
●また小社刊行物の資料請求にお使い下さい。

この本の書名＿＿＿＿＿＿＿＿＿＿＿＿＿＿＿＿＿＿＿＿

本はがきのご感想は、お名前をのぞき新聞広告や帯などでご紹介させていただくことがあります。ご了承ください。

■本書を何でお知りになりましたか（複数回答可）

1. 書店で見て　2. 広告を見て（媒体名　　　　　　　　）
3. 雑誌で見て（媒体名　　　　　　　　）
4. インターネットで見て（サイト名　　　　　　　　）
5. 小社目録等で見て　6. 知人から聞いて　7. その他（　　　　　　　　）

お名前

ご住所　〒

お電話

ご提供いただいた情報は、個人情報を含まない統計的な資料を作成するためにのみ利用させていただきます。個人情報はその目的以外では利用いたしません。

びっしりと置いた様子を描く。孤独な独り寝の上に晩秋の耐え難い寒さが加わるのである。その上にやはり寒々と冴え渡る月光がさすのであり、冬を間近にした夜の寒さが印象づけられる。言うまでもなく山鳥は象徴としての景物であり、実際に床で、独り寝と寒さに耐えているのは人である。孤独に夜を明かさなければならない人をさらに辛くさせるような季節感が主題と言うことになる。それが、実際のというより想像力により捉えられたものであるにせよ、凄絶《せいぜつ》な視覚的な風景として詠まれている。

この歌も「千五百番歌合」の作品である。歌合では定家自身が判を受けもった部分にあるので、さすがに勝負については負となっている。判詞も「霜夜の長き思ひ、詞たらぬ所多く、心もわかれがたく侍《はべ》るめり」と、言葉が足りなく、意味も分かりにくいと、欠点を指摘するような書き方となっているが、晩秋の季節の情感を、凝った技法により実現し得たことを自負した物言いであると読んでもよいだろう。達成度の高い一首である。

活躍した万葉時代の歌人。定家の時代には「歌聖」とされていた。

33

わが道をまもらば君をまもるらんよはひはゆづれ住吉《すみよし》の松

【出典】新古今和歌集・賀歌・七三九

私の携わる道である歌道を住吉の神が守って下さるのなら、勅撰和歌集に向けて歌道の隆盛を導いて下さる上《じょう》皇《こう》様を守って下さるに違いない。ならば住吉の松よ、あなたの長寿を上皇様に譲りなさい。

これも、「千五百番歌合」の作品である。定家はやがて七月に和《＊わ》歌所寄《かどころより》人《ゆうど》に、十一月には『新古今和歌集』の撰者に任じられる。後鳥羽上皇の下命によるものだが、上皇の撰集を前にした和歌活動も極めて活発に行われていた。この歌ではそうした上皇の活動を言祝《ことほ》いでいる。そのことに深く参与することができた定家の喜びが、その背後にあることも言うまでもない。

現在の大阪市の住吉大社に祭られる住吉明神《すみよしみようじん》は古くからの神であり、和

【参考】天下《あまくだ》る神のしるしに君にみな齢《よはひ》はゆづれ住吉の松（栄花物語・松のしづ枝）

＊和歌所寄人―勅撰和歌集を撰ぶために宮中に置かれた機構「和歌所」の構成員。

歌の神としても重要であり、後には和歌三神《わかさんじん》の一つとされる。「わが道」は歌道のことであるが、すでに父俊成の後継者として歌道を守る者としての地歩を固めつつある定家には、そうした認識はふさわしいであろう。そういう神だから和歌に熱心に取り組む後鳥羽上皇をも守ることになるだろうと歌う。

住吉は古くは「住の江」と呼ばれた海岸であり、松は代表的な景物である。松は冬になっても枯れることのない常緑樹であるが、長寿を保つ樹木の代表でもある。その松の長寿が譲られて、後鳥羽院の治世《ちせい》が末永く続くことを願うのである。為政者《いせいしゃ》の長寿を願うのは常識的な発想であるが、ここでは、和歌の隆盛を導く為政者のそれであることは繰り返すまでもない。

この歌も先蹤《せんしょう》表現を求めれば、【参考】として引いたような作品を見つけることができる。しかし、ここでは、和歌の家として宮廷に仕える廷臣《ていしん》としての定家の、偽らない声として聞いてよいであろう。そして、後鳥羽院の宮廷そのものが和歌を中心に回っているような時代が現出していたのである。

34

消えわびぬうつろふ人の秋の色に身をこがらしの森の下露

【出典】新古今和歌集・恋歌四・一三二〇

露のように私は消え入ってしまいそうです。心変わりをしたあの人の態度に我が身を焦がすように苦しい思いをして。焦がれると同じ名を持つ木枯らしの森の木の下の草葉に置いたはかない露のように。

恋人に心変わりをされてしまった女の気持ちを詠んだ一首である。露のように消え入らんばかりに、我が身を嘆く様子である。

「こがらしの森」は駿河《するが》国の歌枕である。現在静岡市の藁科川《わらしながわ》の中州《なかす》の森がそこだとされる。恋歌に詠まれ、「木枯らし」は恋の終りのイメージがあるが、紅葉もこの歌枕の景物とされ、本歌と同様にここでも紅葉の「焦《こ》がる」と恋の悩みに「焦がる」との掛詞となっている。ここでの紅葉は華麗な

【本歌】人知れぬ思ひ駿河の国にこそ身をこがらしの森はありけれ（古今和歌六帖・作者未詳）

イメージではなく、じりじりと焼けるように変色する様《さま》である。全体に言葉が複雑に絡み合うように構成されているのがこの歌である。

「秋の色」も紅葉の色であるが、「飽《あ》き」も掛けられ、恋人である男性が自分から心離れして行く様を象徴している。初句の「消え」は「露」との縁語であり、ここでは結句の「森の下露*」を受けている。その露は森の下草の葉に置いた露であり、まったくと言っていいほどに人目につかない。定家の歌の主人公となった女もそうした存在であるか、あるいは恋の性格上、人目についてはいけない女ということになろう。

全体の構造も、前述のように初句が結句を受けていることになり、意味が循環するような構造となっている。景物もすべて象徴的であり、女のどうしようもない嘆きを表現するために緊密に組み立てられている。こうした複雑に構成して歌を作り込んで行くのは定家の本領である。この歌も「千五百番歌合」の作品である。

＊森の下露―『新古今和歌集』では「森の白露」とする本文もあるが、歌合でも「下露」である。

35

袖に吹けさぞな旅寝《たびね》の夢も見じ思ふ方よりかよふ浦風《うらかぜ》

【出典】新古今和歌集・羈旅歌・九八〇

私の袖に吹いてきてくれ。おそらく旅の中にあっては満足に寝られず夢も見えないだろうから。思う人を残してきた都から吹いてくる浦風よ。

何とも物語めいた一首である。物語中の人物を主人公にしたような作品であるが、本歌を介し『源氏物語』を踏まえている。本歌は、須磨《すま》の巻で、「須磨には、いとど心づくしの秋風に」から始まる、秋に琴を弾きながら都のことを思う有名な場面で、光源氏が自らの心境を詠んだ歌である。定家の歌の主人公も光源氏であると考えてよい。しかし、須磨の場面そのままではなく、二句目の旅寝を「さぞな」と思いやる所から、須磨に向かう旅の途上

【本歌】恋ひわびてなくねにまがふ浦波は思ふ方より風やふくらん（源氏物語・須磨巻）

を想定していると考えてよいだろう。無論、須磨に着いてからも旅寝の日々であることは変わらない。

「思ふ方」は、本歌中でも定家の歌でも、ふたつの意味を内包する言葉であろう。主人公が思う方向であると共に、主人公のことを思う人々であろう。『源氏物語』であれば都に残された紫上《むらさきのうえ》を中心とする源氏の愛した女性達である。物語では、浦波の音を泣き声に聞きなして、都のことを思うのだが、それを受けて展開する定家の歌では、せめてその浦風が自分の袖に吹いて欲しいとする。物語の展開からすると後の場面を先取りしてしまうことになるが、一層須磨での生活が孤独であることが印象づけられる。夢すら見ることのない生活をそこに向かう途上に想像するのである。

この歌は、建仁《けんにん》二年（一二〇二）「三体和歌《さんたいわか》」という試みの一首である。後鳥羽院の企画で、歌を三種類の美的様態*に意識的に分けて詠むことを求めた試みである。この歌は格別に「艶《えん》」を実現させることを要求されたものである。「艶」はこの時代の和歌において最も重要な美の一つだが、その定義は難しい。しかし、王朝物語の世界を再現することは、「艶」を実現させるための最重要な手段である。

＊三種類の美的様態—『明月記』によれば「大ニフトキ歌」「からび　やせすごき由也云々」「艶体」。

36 白妙《しろたへ》の袖の別れに露落ちて身にしむ色の秋風ぞ吹く

【出典】新古今和歌集・恋歌五・一三三六

―真っ白な袖に、別れの涙の露が落ちて、その紅い涙の露に、身に沁むような色をした秋風が吹き抜けてゆく。―

建仁二年（一二〇二）九月、後鳥羽院の＊水無瀬《みなせ》離宮《りきゅう》で行われた「水無瀬恋十五首歌合」での作品である。『新古今和歌集』では恋歌五の巻頭に据えられているが、巻頭に置かれる歌は特別な意味を持つ。この場合は、『明月記《めいげつき》』により、後鳥羽院の特命で当代歌人の秀歌の代表の一首としてその位置に据えられた歌だと知られる。当時から格別な評価を得られた作品である。

歌合では「寄風恋」の題で詠まれた作品であるが、『万葉集』の本歌の＊後《きぬ》

【本歌】白妙の袖の別れは惜しけども思ひ乱れてゆるしつるかも（万葉集・巻十二・三一九六・作者未詳）
吹きくれば身にもしみける秋風を色なきものと思ひけるかな（古今和歌六帖・作者未詳）

＊水無瀬離宮―現在の大阪府

朝《ぎぬ》の情景を基にしている。本歌では、心が乱れていたので、別れて行くのを許してしまったと、別れを惜しむ感情があからさまに歌われているが、それを涙の露に象徴させているところに展開がある。また、『万葉集』の本歌は女性の立場であるが、この歌では帰って行く男性の立場と読めよう。切実な感情を託す涙がいわゆる紅涙《こうるい》であり、ここでの露もその色をしているはずである。真っ白な袖の上に落ちた紅い涙の上を風が通って行く。

吹き抜けて行く風の色については見解が分かれる。白だという主張も根強い（その場合は涙の色も白とする）。しかし、『*古今和歌六帖《こきんわかろくじょう》』の本歌の、秋風はかつては色のない物と思っていたとする表現から、やはりここの「身にしむ色」も紅涙と同様な紅色を想像してもよかろう。言うまでもなく実際に白い袖が涙や風によって紅く染まるわけではなく、象徴的な映像である。その実際には存在しないが言葉によって作り出される映像に深い思いを託している。本歌を基《もと》に、それとは異なる観念世界を構成して行く定家の文学世界の在り方を、よく示している一首であると言えよう。

と京都府との県境のあたりにあった後鳥羽院の離宮。何度も歌会が開かれた。

*後朝—男女の朝の別れ。寝床に重ねたそれぞれの衣を身にまとい別れるので衣衣《きぬぎぬ》という。

*古今和歌六帖—十世紀後半に成立した和歌集。歌が題で分類されているのが特色。

37

かきやりしその黒髪《くろかみ》のすぢごとにうちふすほどは面影《おもかげ》ぞたつ

【出典】新古今和歌集・恋歌五・一三九〇

私が指でかきやったあの黒髪の一筋一筋が、独り床に臥《ふ》す度《たび》に、あざやかによみがえり、あの女性の面影が浮かんでくる。

【本歌】黒髪の乱れもしらずうち臥せばまづかきやりし人ぞ恋ひしき（後拾遺和歌集・恋三・七五五・和泉式部）

定家は表現者として官能的な世界を印象深く描くことにも長《た》けている。この歌はそのあたりを最も魅力的に発露した作品である。さらに、『新古今和歌集』のエロスをも代表する作品となっている。かつて床で愛した女の髪の感覚を指で覚えていて、その面影が一人の床でまざまざと蘇るという世界である。その女性は何らかの事情で自分の前から離れてしまった存在である。一般に忘れられた恋人を想《おも》う歌は女の立場であるが、この歌は男の立場で女を思い出す体《てい》で歌われている。

この歌は和泉式部*の名歌を本歌としている。和泉の歌は女性の立場であり、かつて、自分の髪をかきやった恋人を思いだしている。自分の髪に残った感触が恋人を思い起こすきっかけとなるのだが、あたかも、定家の歌はその髪を撫でた指の感触を起点とするかのような照応関係となっている。和泉の歌はその作家自身の恋愛遍歴も加味し、女性としての身体感覚がそのまま詠まれたような魅力を放っている。定家の歌も指の感覚は身体的であり、それが面影を呼び覚ますのもそうであるが、「すぢごとに」という細部の映像を詠み込むところに、むしろ、実感性からはなれた造型性を感じさせる。だからと言って、エロチックな印象が減じているわけでなく、むしろ増している。この時代らしい官能表現である。

この歌の詠作年次は不明であり、『拾遺愚草』では、下巻の恋歌が集成された部分に収められている。ここでは、歌人として成熟した時期の作品の中に並べてみた。

*和泉式部―平安時代の女流歌人。奔放な恋愛遍歴で知られる。『和泉式部日記』は本人の作とする説が有力。

38

春を経てみゆきになるる花の陰《かげ》ふりゆく身をもあはれとや思ふ

【出典】新古今和歌集・雑歌上・一四五五

春が経てゆくにつれて、深雪《みゆき》のように落花となり花の下にたまる桜よ。それはそれで悲しいものであるが、御幸《みゆき》の度に何年もこの桜の下に立ち続ける官職から、昇進することもなく年をとってゆく私のことも、哀れだと思ってくれ。

建仁《けんにん》三年（一二〇三）二月二十四日、*和歌所《わかどころ》の同僚達と定家は御所の花見に出かけた。女房達も伴って盛大な花見であった。その紫宸殿《ししんでん》の見事な左近《さこん》の桜のもとで歌を詠みあった折の歌である。定家は長い間近衛府《このえふ》の少将・中将の官位で停滞していた。近衛府の役人は、儀式の折に左近の桜の下に立つことが習わしであった。そうした日々を過ごす、官位が上がらない自分の嘆きを歌にしたのである。

【語釈】○みゆき―上皇の「御幸」と「深雪」とを掛ける。

【詞書】近衛司《このえづかさ》にて年久しくなりてのち、上のをのこども大内の花見にまかれりけるによめる

（近衛府の役人として長い間過ごし、殿上人達と

華やかな花見でこのように身の上をなげくことは、現代では好まれないが、この時代では、そうした「述懐」の行為は、「やさし」という感情の発露として、むしろ場にふさわしいものとして称讃されたらしい。実際、この歌はこの場で人々の好評を得、後鳥羽院の耳にも届いたという経緯が『＊家長《いえなが》日記』という作品に活写されている。

『＊後鳥羽院御口伝《ごくでん》』では、この歌が『新古今和歌集』に入ることに対して定家は不満だったということを批判的に述べている。後鳥羽院にとっては、宮廷生活の一こまでの、その場に応じた素晴らしい歌に思えたのだが、定家にとっては自分の専門家としての力量が十分に発揮された歌ではないとしたらしい。そのことをしつこく言い立てる定家に後鳥羽院は不快の念を述べている。

しかし、「ふり」を掛詞《かけことば》にして、散りゆく桜の姿と、その下に立ち年月を過ごしてきた自分を重ねる手法は確かであり、イメージの構成も非凡であろう。

内裏の花見にでかけた時に詠んだ歌）

＊和歌所―33参照。

＊家長日記―和歌所の開闔《かいこう》（事務長）をつとめた源家長の手になる仮名の日記。『新古今集』成立期の日々がよく記されている

＊後鳥羽院御口伝―後鳥羽院の歌論書。歌人評に定評がある。定家に関する評は極めて長い。

39

都にもいまや衣をうつの山夕霜《ゆふしも》はらふつたのした道

【出典】新古今和歌集・羇旅・九八二

都でも、今頃は砧《きぬた》で衣を打っているのだろうか。ここ宇《う》津《つ》の山では、夕べの霜が置いた袖を払いながら、蔦《つた》の茂る山道を越えて行こうとしている。

元久《げんきゅう》二年（一二〇五）の「元久詩歌合《げんきゅうしいかあわせ》」での一首である。後鳥羽院が主催した、漢詩と和歌とを番《つが》わせる試みである。

『伊勢物語』の業平が東国へと東海道を下って行く「東下《あずまくだ》り」と呼ばれる第九段は、この物語の中でも特に愛読されていた。その旅路はこの時代の歌人たちに多くの創作の源を与えている。この定家の歌も、心細く蔦や楓《かえで》の茂る宇津ノ谷峠《うつのやとうげ》を越える業平の旅路を前提にしている。参考で示したように、

【語釈】○うつの山―現在静岡市にある宇津ノ谷峠。衣を「擣（う）つ」の意を掛ける。

【参考】伊勢物語第九段
ゆきゆきて駿河の国にいたりぬ。宇津の山にいたりて、わが入らむとする道は

いと暗う細きに、つたかへでは茂り、もの心ぼそく、すずろなるめを見ることと思ふに（中略）
駿河なる宇津の山辺のうつつにも夢にも人に逢はぬなりけり

この心細い山路を越えながら、都に残してきた恋人がもう自分を忘れたかもしれないと、はるかに思いやる場面である。当時の和歌ではこの場面が何度も再生産され、夢でも恋人に会えない嘆きが繰り返し詠まれるのである。

定家のこの歌では、それに擣衣《とうい》（砧《きぬた》）を重ねている。擣衣は漢詩の世界からもたらされた主題で、本来は辺境での戦いに兵士として赴《おもむ》く夫の硬い衣を木の槌《つち》で打ちなめらかにする作業をしながら、夫をはるかに思う気持ちなのだが、和歌では男に忘れられた孤独な女性の嘆きとして主題化されている。寒空に悲し気に作業の音を響かすのである。この歌では都に残る恋人が一人砧《きぬた》を打つ様子を思いやっている。峠の様子だけではなく、都の様子も詠むところに大きな展開を見せている。

峠の季節も、秋も深まる時期とされて、袖に夕霜を置かせて、寒々とした孤独な心情を象徴させている。『伊勢物語』のこの場面を基にした作品は極めて多いのだが、その中でも巧みな展開に成功した一首である。

40

秋とだに吹きあへぬ風に色かはる生田《いくた》の森の露の下草

【出典】拾遺愚草・中

秋が来たのだとも分からないほどかすかに吹いた風によって、色が変わる、生田の森の露の下にささやかに生えている下草よ。

元久《げんきゅう》二年（一二〇五）三月二十六日に宮中で行われた『新古今和歌集』の完成を祝う行事である竟宴《きょうえん》以後も、歌会は続けられ、その秀作が集に増補された。中でも後鳥羽院が建立《こんりゅう》した最勝四《さいしょうし》天王院《てんのういん》の障子絵（襖《ふすま》絵）の和歌の競作は重要な機会であった。承元《しょうげん》元年（一二〇七）の試みである。この寺は源*実朝呪詛《じゅそ》のための建立とも言われるが真相は不明である。

堂内を取り囲む歌枕を主題とした障子絵のための和歌であったが、各題毎

【語釈】○吹きあへぬ―まだ秋風としてはっきり吹き切れない、という意。○生田の森―神戸市の生田神社の森とされる。紅葉の名所である。

*源実朝―鎌倉幕府第三代将軍。歌人としても知られ、定家とも交流があった

十人の歌人が詠み、最もすぐれた作品が障子に貼られる手筈《てはず》であった。定家のこの歌は「生田森」の題での一首だが、入選せず、『新古今和歌集』にも採られることがなかった。しかし、『後鳥羽院御口伝』*によれば、この歌が採用されなかったことに定家は立腹し、その不当な事を諸処で訴え、後鳥羽院の逆鱗《げきりん》に触れたということである。定家にとっては自信作であったことが知られる。

　生田の森は紅葉の名所であるが、ここでは、その森の下草の部分が微《かす》かに紅葉した様子だけを詠もうとする。夜寒になり、露も置いた下草の葉が、ほんの微かに色づいた様子である。その一瞬の小さな季節の推移を捉えた作品である。秋風も吹くのであるが、それはまだ、秋が来たとも感じさせないほどのものだったのである。

　この森の風景としてはかなり珍しい達成であることは確かであろう。秋の兆しを捉える繊細な感覚が息づいている。秋の露が置くならば下草の色を変えても不思議ではあるまい。しかし、それがあまりに繊細で景としては小さすぎることは否めないであろう。

（一一九二―一二三九）。

*後鳥羽院御口伝―38参照。

41

大淀《おほよど》の浦にかり干《ほ》すみるめだに霞にたえて帰るかりがね

【出典】新古今和歌集・雑歌下・一七二五

大淀の浦に刈り干す海藻《かいそう》のみるめではないが、見送ろうとしても霞に隠れたままに、北へ帰って行く雁よ。

前歌と同様に「最勝四天王院障子和歌《さいしょうしてんのういんしょうじわか》」の一首である。この歌の場合は撰歌されて障子に貼られ、さらには、『新古今和歌集』にも入集している。歌題は「大淀浦」である。

不思議な歌である。歌われている内容は霞に隠れるようにして北へ帰って行く雁である。「みるめ」は海藻であるが、どこの海岸にもある。大淀の浦にあっても不思議ではない。「見る目」と掛けられるが、ここでは雁を追っ

【語釈】○大淀の浦―三重県多気郡にあり、伊勢湾にのぞむ海岸。

【参考】大淀の浜に生ふてふみるからに心はなぎぬ語らはねども（女）／袖ぬれて海人の刈りほすわたつうみのみるをあふにてやまむと

やする（男）（伊勢物語・七五段）

て行く視線であろう。この掛詞《かけことば》に特色があるが、どこの海岸でもよいかもしれない。

この歌の舞台が大淀の浦であることが必然性を持つのは、やはり【参考】に引いた贈答を介して『伊勢物語』七十五段を踏まえているからであろう。物語では、大淀の浦で一緒に住もうという男の提案に、女が冷淡な態度の歌で拒絶し、男は悲しみでもって歌を返している。大淀の浦は悲恋の舞台となるのであり、定家の歌の場合、そうした悲恋の思いを帰って行く雁に重ねようとしている。だから、この「みるめ」は大淀の浦でなくてはならないのである。

もちろん、帰雁を見送る人が失恋者であるというような単純な重なりは必要ない。雁を見送る人の、あるいは離れて行こうする雁の悲しみが、失恋の悲しみに重なる。つまりは雁への惜別《せきべつ》の思いを恋歌に表現された思いの切実さに重ねるように歌うのである。この時代らしい歌、定家らしい一首だということになるだろう。

42

名もしるし峰のあらしも雪とふる山さくら戸のあけぼのの空

【出典】新勅撰和歌集・春歌下・九四

名前の通りだ、ここ嵐山《あらしやま》は。あけぼのの空の下で桜木にも近い扉を開けると、峰の嵐も雪のように山桜を降らしている。

嵐山*で迎えた春の朝の情景である。五句目の「あけぼの」には「開け」る意が掛詞にされているが、開けた扉の向うに、花が強い風に散らされて、雪のように舞っている鮮やかな風景が広がっている。薄暗い中ではあるが、動きを持った美的な世界が広がる様《さま》を、印象的に捉えた秀作である。嵐山の地名はどこにも出てこないが、二句目の嵐を「名もしるし」と表現すれば、当然嵐の名を持つ嵐山が舞台となるであろう。やや意表をつく初句も、夜が明

【参考】あしひきの山さくら戸をあけおきて我が待つ君をたれかとどむる（万葉集・巻十一・二六二四・作者未詳）

*嵐山―京都の大堰川《おおいがわ》を挟んで亀山の対岸にある山。紅葉の名所とされた。

けて扉の前にいきなり広がる華麗な世界が、一気に目に飛び込んだ感激とも対応しよう。

「山さくら戸」は不思議な言葉だが、【参考】にあげた『万葉集』の歌に見られる言葉である。山桜でできた戸とも、山桜を近くにした戸とも解される。この歌では後者の意で解するのがよいであろう。『万葉集』の歌は夕方に男を待つ歌であり、歌われた世界も異なるのだが、この言葉はこのあたりから学んだのであろう。この言葉の持つ古代的な雰囲気を生かしているのだろうが、『万葉集』の歌の後日談的な展開を読むことも不可能ではなく、男が来ずに明かした辛い気持ちを、峰の嵐のつらさに重ねることもできるかもしれない。しかし、春の歌であり、主眼はあくまでその落花の情景である。

詠まれたのは建暦《けんりやく》二年（一二一二）五月十一日順徳《じゅんとく》天皇の「内裏詩歌合《だいりしいかあわせ》」である。定家は五十一歳になっており、歌人としては十分熟成している。『新勅撰和歌集』に自撰しているところからも、熟成期の自信作であると言えるであろう。

＊順徳天皇―後鳥羽天皇の後、土御門天皇を経て即位。歌人でもあり、後鳥羽院を継ぐ形で内裏で歌壇活動を行う（一一九七―一二四二）。

43

鐘の音を松にふきしくおひ風に爪木《つまぎ》や重きかへる山人《やまびと》

【出典】玉葉和歌集・雑歌三・二二三六

夕暮の鐘の音を、松をしきりに吹く風が運んでくる。その風に追い立てられるように家路を帰る山人《やまびと》は、背に負った爪木が重いのであろうか。難渋しながら夕暮迫る道を行く。

【語釈】○爪木―薪《たきぎ》にするために折った木の枝。

山村風景のスケッチのような作品であるが、上の句の言葉の連なりは手が込んでいる。松を吹く風が夕暮の鐘の音を運んでくるのだが、もとより松の葉を鳴らす音も激しいはずであり、それに鐘の音が重なるように聞こえてくるのである。風の音は何とも不安であるが、あたりが暗くなりかけた頃に、帰路を急ぐことを促《うなが》すように夕暮の鐘の音が聞こえてくる。夕暮の鐘は様々な情感をもたらすが、ここでは、山路《やまじ》がやがて暗くなる不安をかきたてることになる。おそらく、山人が家にたどり着くにはもう少し行程を足さなくてはならないのだろう。

風は追い風として山人の背中を押すのであるが、それが、必ずしも道行く速さに加担してくれる味方とは限らない。なぜなら、背中には重い爪木《つまぎ》を背負っているからであり、それは、追い風に翻弄され、場合によっては山人の足下をふらつかせる場合もあるのだろう。道を急ぐ山人にとっては、この風は望ましくはない風である。邪魔な風であると言ってもよい。こんな風の中で暗くなる山路は何とも不安である。

建保《けんぽう》三年（一二一五）六月十八日に行われた順徳天皇の内裏歌合での作品と思われる。「山夕風」の題で詠まれた一首である。上の句の表現は見てきたように複雑なものを含んでいる。それでいて全体があたかも目の前で情景を写しとったスケッチのような視覚鮮明な印象がある。京極《きょうごく》派の目に止まり『玉葉《ぎょくよう》和歌集』に収録された。

44

初瀬女《はつせめ》のならす夕《ゆふべ》の山風も秋にはたへぬしづのをだまき

【出典】拾遺愚草・上

初瀬女の紡《つむ》ぐ糸巻きの音も秋の夕べの山風にかき消されるようだ。初瀬山の山風は、自分から飽きて離れて行ってしまった男の薄情さを、改めて示しているかのようだ。

『新古今和歌集』以後の定家の主な活動の場であった順徳天皇内裏での歌会でも、目立った行事である「*建保名所百首《けんぽうめいしょひやくしゅ》」での作品である。百の名所を詠むという試みであり、歌枕という観点からも注目されている百首歌で、その中での作品である。ここでの名所は初瀬山で、秋の二十首のうちの一首である。建保《けんぽう》三年（一二一五）、定家五十四歳である。

平易な作品が多くなると言われる時期の一首であるが、わかりやすい作品

【本歌】初瀬女のつくるゆふ花み吉野の滝の水沫《みなわ》に咲きにけらずや（万葉集・巻六・九一七・笠金村）
いにしへのしづのをだまきくりかへし昔を今になすよしもがな（伊勢物語・三二段）

*建保名所百首―内裏名所百

ではない。本歌としては二首があげられる。「しづのをだまき」は、賤女《しずめ》が用いた糸を取る道具だが、音をたてて糸を紡《つむ》ぐのであろう。それを、本歌《ほんか》の木綿花《ゆうばな》と、初瀬山の夕べの嵐の音との連想から強引に初瀬女と結びつけている。かなりわかりにくい結びつきだが、このことは、定家自身の自作解説*から読み取れることである。この強引な結びつけを彼自身は「達磨心《だるまごころ》」と称している。すでに見てきた若い時代の、強引な難解さを厭わない作品を、「達磨歌」と称されてきたことを受けている。達磨は禅宗のことで、旧派の歌人たちが禅問答のような難解さをもつ定家らの歌をそのように名付けて非難したのである。若い日に持っていた前衛性が晩年にも生きているのことを自身で語っている。これは定家にとって自負の言葉であると考えてよい。

　肝心なのは「秋」に「飽《あ》き」が掛けられていることであり、初瀬山の夕風もその男に飽きられた辛さを象徴している。その嵐の音にかき消されるような糸紡ぎの音が、女の傷心の象徴なのである。そして、男女の関係が昔に返ることがないことを嘆く『伊勢物語』歌の世界に収まる。

首とも。順徳天皇主催で十二人の歌人が出詠。

*自作解説―『衣笠内府歌《きぬがさないふのうたの》難詞《なんじ》』と呼ばれる書物に収められた『名所百首歌之《めいしょひゃくしゅうたの》時与家隆卿内談事《ときいえたかきょうとないだんのこと》』と呼ばれる消息体の文献。

45

昨日《きのふ》今日雲のはたてにながむとて見もせぬ人の思ひやはしる

【出典】風雅和歌集・恋歌一・九六四

昨日も今日も雲の果ての空の向うをぼんやりと見やっているが、まだ逢っていない私の恋する人は、私の思いなど知りはしないだろう。

建保四年（一二一六）春、『新古今和歌集』以後久々に後鳥羽院が召した「建《けん》保四年百首《ぽうよんとしひゃくしゅ》」での作品である。『風雅《ふうが》和歌集』では「*初恋の心をよめる」という詞書が付されているが、相手のことを思い始めたころの気持ちである。まだ、相手には自分の気持ちは伝えられずにいるので、自分の気持ちを相手は知るよしもない。そんな状況で、昨日も今日も雲の向うをぼんやりと物思いに沈みながら眺めているのである。恋の兆《きざ》した人の気持ちがナイーブな形

【語釈】○雲のはたて―雲の果てのことであり、空の向うを指す。

【本歌】夕暮れは雲のはたてに物ぞ思ふあまつ空なる人を恋ふとて（古今和歌集・恋歌一・四八四・読み人知らず）

で伝わってくる一首である。

この作品は『古今和歌集』のやはり初恋の段階にある名歌の本歌取《ほんかどり》である。素直にその歌が取られているが、自らの思いに終始する本歌に対して、結句で相手が自分の思いを知らないであろう様《さま》を「思ひやはしる」と強い調子で詠《よ》み込むのは世界の展開がある。また、本歌の場合は「天つ空なる」という言葉から相手が高貴な人である可能性も開けるが、そのあたりは、定家の歌には見られない。「昨日今日」という初句の限定も、一目惚《ひとめぼ》れにも近い形で恋が兆したことを想像させよう。

本歌は比較的想像させる余地が大きいのだが、定家の歌は、よりしっかりと事柄の輪郭を鮮明にするような詠みぶりである。より理知的に恋が詠まれているとも言えよう。しかしながら、先に述べたような恋の思いを心の中に兆しそめた人の繊細な思いは十分表現されているのである。後に『風雅和歌集』で京極派の歌人に注目され、撰入された一首である。

＊初恋—初めての恋ではなく、恋の気持ちが兆した段階のことである。したがって、初恋は一度のみではない。

46

来ぬ人をまつほの浦の夕なぎに焼くや藻塩《もしほ》の身もこがれつつ

【出典】新勅撰和歌集・恋三・八四九

来ない人を待つ松帆《まつほ》の浦。その夕凪《ゆうなぎ》の無風状態の中でじりじりと藻塩を焼く煙があがっている。焼かれる藻のように我が身を、来ない人への思いで焦がしている。

『新勅撰和歌集』にと言うよりも、『百人一首』に自撰された歌として知られている。晩年の定家の自讃の歌だと言ってよかろう。詠まれたのは建保《けんぽう》四年（一二一六）閏六月の「内裏歌合」の恋題である。定家五十五歳の作品である。歌合の判者は定家自身であるが、順徳天皇御製と番《つが》えてあえて勝を付している。判者は自歌は負とするのが原則であり、相手が天皇でもあるのだから、この判は、この作品への自信の程を語っている。

【本歌】名寸隅《なきすみ》の　舟瀬《ふなせ》ゆ見ゆる　淡路島　松帆の浦に　朝凪に　玉藻刈りつつ　夕凪に　藻塩焼きつつ　海人《あま》娘子《をとめ》　ありとは聞けど　見に行かむ　よしのなければ　ますらをの　心はなしに　たわやめの　思ひたわみて　たもとほり　我はそ恋ふる

女性の立場の歌であるが、『万葉集』の物語的な長歌を本歌として踏まえた作品である。本歌は*聖武天皇が播磨国*印南野《いなみの》に行幸した折の笠金村《かさのかなむら》の歌である。そこから見える淡路島の北端松帆の浦に、朝に夕に男を待ち続ける美しい海人《あま》の乙女がいるらしいという、伝承のような世界を詠んでいる。本歌では、むしろ対岸にいる男がその女に会えない思いに苦しんでいる様《さま》を歌っている。定家の歌の主人公はその女性であると言ってよい。架空の世界に立脚している作品である。その女性が逆に対岸から通って来るはずの男を恋うる様を歌っている。

しかしながら架空のはずの女性の恋の思い、来ない男を待ち続ける思いの、どうしようもない焦げるような焦燥感は、実に生々しく表現されている。夕凪の無風状態の中をまっすぐに煙を上げながらじりじりと燃える海藻《かいそう》のイメージが、その思いを極めて鮮明に印象づける。どこに棚引《たなび》くでもない煙は、思いの行き場のなさの象徴でもある。架空の世界に立脚しながらも、現実の人間の思いを極めて実感的な形で表現しているところにこの歌の特徴があり、他にはない巧みさがある。

舟梶《ふなかぢ》をなみ
（万葉集・巻六・九四〇・笠金村）

＊聖武天皇―奈良時代の天皇で、天平文化の中心人物（七〇一―七五六）。

＊印南野―兵庫県の加古川市・明石市のあたり。

47

道のべの野原の柳したもえぬあはれ歎きの煙《けぶり》くらべに

【出典】拾遺愚草・下

道のほとりの野原の柳は下葉がくすぶるように萌えている。ああ、まるで私の歎きの煙と競うかのようだ。

承久《じようきゆう》二年（一二二〇）二月十三日の順徳天皇内裏での歌合での歌である。この歌を詠んだことで、定家は後鳥羽院の勘気《かんき》に触れて、宮廷の歌会への出入りを禁止された。なぜであるかは明らかではない。

この歌は、「野原柳」の題で詠まれた歌である。春の柳の下葉が煙るように萌え出ている風景が歌われている。新緑の風景であるが、その煙るような様子を、我が身からくすぶるような思いと競うものとして見立てている。そ

【参考】夕されば野にも山にも立つ煙歎きよりこそ燃えまさりけれ（大鏡・菅原道真）
道のべの朽ち木の柳春くればあはれ昔としのばれぞする（新古今和歌集・雑歌上・一四四九・菅原道真）

の思いが何であるかは示されていないが、暗々鬱々《あんあんうつうつ》とした物であることは確かであろう。早春の風景としては暗い連想に過ぎるとは言えるであろう。宮廷の歌会でそのような連想をさせる情念を詠むこともルール違反だと考えられたのだろうか。

さらに、『拾遺愚草』の詞書では、この歌会に召されたが、母親の遠忌《おんき》にあたると言うことで、欠席をしている。しかし、強いて召されて詠んだ一首がこの歌である。煙はしばしば火葬の煙として詠まれる。欠席の状況が状況なだけに、この歌の煙もそのようなものであることを、読み手に想像させても不思議ではない。火葬の煙自体は様々な含意を持つにせよ、こうした会に、ことさらにそれを踏まえた歌を詠む必要はないだろう。それが不吉なものだと見られても不思議ではない。強いては無理矢理歌を詠まされたあてつけのような態度として取られてもしかたあるまい。

実は歌会の主催者の順徳天皇にも理解できないことであったようだが、定家は後鳥羽院の勘当にあったままで承久*の乱を迎えたのである。乱後、後鳥羽院は日本海の孤島隠岐に流された。したがって、その勘は解ける機会を失ったのである。

＊承久の乱―承久三年（一二二一）に後鳥羽院により企てられた鎌倉幕府討幕の戦乱。

【補説】久保田淳（読書案内参照）は、定家が左遷された道真の歌に自分をなぞらえて歌ったので、そのあてつけがましさに後鳥羽院は怒ったのであろうとしている。

48

しぐれつつ袖だにほさぬ秋の日にさこそ御室《みむろ》の山はそむらめ

【出典】新勅撰和歌集・秋歌下・三四六

時雨が続いて、雨に濡れた袖すらも干すことがままならない秋の日であるが、さぞかし御室《みむろ》の山では、秋の雨が紅葉を染めているだろう。

承久の乱以後、後鳥羽院・順徳院は離島に流され、鎌倉幕府の勢力が決定的に優勢になる中で、定家は出世を遂げることになる。和歌界にも権威者として君臨し、やがて『新勅撰和歌集』を単独の撰者として撰ぶに至る。その中でも貞永《じょうえい》元年（一二三二）＊藤原道家《みちいえ》の家で行われた「関白《かんぱく》左《さ》大臣《だいじん》家《け》百首《ひゃくしゅ》」は重要な催しである。定家はすでに七十一歳という晩年を迎えている。

この歌は、袖を干す暇もないほど降り続く秋の長雨の中で、紅葉の名所で

【語釈】○御室の山―竜田川上流の山で紅葉の名所。神《かん》南備《なび》山《やま》とも。

【参考】うらみわびほさぬ袖だにあるものを恋にくちなん名こそをしけれ（後拾遺集・恋四・八一五・相模）

＊藤原道家―藤原良経の嫡男

ある御室《みむろ》山では、木々がさぞ美しく長雨に染められているだろうと推測する歌である。一見何でもないような晩秋の歌であり、『新勅撰和歌集』の平明さを言うのにふさわしい作品に見える。

しかし、やや大仰な表現とも言える二句目の「袖だにほさぬ」は、【参考】に引いた*相模《さがみ》の名歌を連想させる表現である。それは、相模によって歌われた切実な恋の思いを想起させることになる。正面切ってその恋の思いが定家の歌の意味と関わるかは問題だが、一首の陰のように働くであろう。袖は雨だけに濡れるのではなく、恋の涙にも濡れているかもしれないのである。そうであれば、思いをいたす御室山の紅葉も、必ずしも華麗なだけの光景ではないであろう。

こうした表現の形成は、やはり定家が円熟した段階にあることを語っているのであろう。この作品は『新勅撰和歌集』に自撰されている。晩年の自讃の一首である。

で、政界に重きをなす。歌人としてもこの時代の歌界の中心の一人である（一一六二―一二四一）。

*相模―平安時代中期の女流歌人。巧みな恋の歌で知られる。この歌は、『百人一首』にとられた。

49

ももしきのとのへを出づるよひよひは待たぬにむかふ山の端《は》の月

【出典】新勅撰和歌集・雑歌二・一一六八

勤務の後、宮中の塀の外へ出る夜は、待ったわけではないのに、いつも山の端に沈んでゆく月に向かうことになるのだ。

【語釈】○ももしきの―「大宮」や「内」にかかる枕詞。ここでは内裏御所そのものを指している。○とのへ―「戸の外」で、九重の塀に囲まれた宮中の外。

定家の時代においても、忙しく勤務することは、美徳であり、よき治世《ちせい》が行われている証拠でもあったようである。やはり「関白左大臣家百首」での作品であるが、「眺望」の題により詠まれている。

宮中での勤務が終わり、ようやく幾重も重なる塀の門を抜けて、外に出ようとする時に目に映った情景である。もうすっかり深夜になったことを告げるように、月は山の端に傾いている。西に開けた門から退出したのかとも想像される。そこで目にした「眺望」だが、題に対してはやや珍しい光景を捉えていると言えよう。同題で詠まれた五首のうち、他の作品では山河の光景が詠まれている。

この光景は彼の実体験がほぼそのまま反映していると言えよう。定家は歌人であると共に、宮中の重要な官僚の一人としての廷臣《ていしん》であった。場合によっては廷臣としての立場の方が重いこともある。彼は芸術至上主義者と言われ、事実そのような姿を見せることも稀ではないが、したたかに宮廷世界を生きる官僚としての姿を見せる場合も少なくない。歌の中でもそうした姿をしばしば詠むことがある。それは彼にとっても詩情の世界の一画であるはずだ。その中でも極めて印象的な一首である。

おそらく、ここで月を目にしているのは定家自身だと言うことになるであろう。彼の日常の廷臣としての姿がよく示されている。彼はすでに老身ではあるが、活気のある宮中で遅くまで勤務する充足感をも感じさせよう。

50

たらちねのおよばず遠きあと過ぎて道をきはむる和歌の浦人

【出典】拾遺愚草・上

父親の至らなかった遠い先祖の時代の官位に自分は昇ることが出来、和歌の上でも道を極めることができた。

「関白左大臣家百首」の「述懐」の一首である。定家は正《しよう》二位権《ごん》中納言の地位に昇っている。父俊成は正三位《さんみ》であり皇太后宮大夫《こうたいこうぐうたいふ》を最後に出家している。定家の家は藤原道長の四男長家《ながいえ》に遡るが、彼は正二位権大納言に至っている。その子忠家《ただいえ》は正二位大納言、その子で俊成の父俊忠《としただ》も従三位権中納言である。先祖との官位の対比は上下の評価が微妙だが、父の至らなかった地位に上り得たことは確かである。公家にとってこれは重要な功績であった。

【語釈】○たらちねの—普通「母」「親」にかかる枕詞だが、ここでは父親を指す。○和歌の浦人—「和歌の浦」は歌道の神玉津島明神を祭る現在の和歌山市の海岸。その「浦人」は、歌人であることを指す。

さらに、歌人としての達成感が加わる。『新勅撰和歌集』撰者の任命は約二ヶ月の後であるが、歌人としての第一人者の名声は確かに得ている。

近代の文学者の伝記に慣れた目には、文学者が身分のことで自足するのはやや違和感があるが、古典歌人にとっては、それをもって俗人的であるという評は成り立たないであろう。この歌では、一般の「述懐」(官位が上がらない不満が基本)とはかなりに異なった、人生の評価が歌われる。

日記『明月記』には、この世の生き難さ、病気や宮廷に生きる不満などが記されているが、総体として見たならば、定家は自足するに価する一生を送ったことになるかもしれない。実は幕府の力が大きくなる時代をしたたかに生きた処世的な巧みさもなかったわけではない。政治的には親幕府的な立場の九条家の下にあった。私生活の上でも嫡男為家《ためいえ》の妻は鎌倉幕府の重臣だった*宇都宮頼綱《うつのみやよりつな》の娘である。和歌の上でも将軍源実朝《みなもとのさねとも》の師であったことはよく知られている。結句はやや他人事を詠ずる体《てい》に見えなくもないが、上からの続きで読めば、やはり定家自身の感慨と読むほかないであろう。

*宇都宮頼綱―法名、蓮生(一一七八―一二五九)。歌人であり、彼の嵯峨野の山荘の障子色紙が『百人一首』の原型だと考えられている。

歌人略伝

平安時代末期の応保《おうほう》二年（一一六二）に、歌人として高名であった藤原俊成《しゅんぜい》の子として生まれる。父は四十九歳で母は美福門院《びふくもんいん》加賀《かが》。平家の全盛時代に成長し、その滅亡の年には二十四歳の青年として世の様をみつめた。十七歳の頃から和歌活動がみられるが、養和《ようわ》元年（一一八一）初学百首を詠み本格的な歌人としてスタートする。仕えていた九条家の藤原良経《りょうけい》・慈円《じえん》を中心とする、意欲的な試みで新たな和歌を作り出そうとするグループで摸索を続け、難解さを避けることなく、一首に豊かな内容を盛り込む試行を続ける。正治《しょうじ》二年（一二〇〇）に活動を始めた後鳥羽院《ごとばいん》仙洞《せんとう》歌壇では中心的な人物として活躍を見せ、古典を基盤に新たな世界を作り上げてゆく古典主義的な作風の前衛として活躍した。建仁《けんにん》元年（一二〇一）には和歌《わか》所《どころ》寄人《よりゅうど》となり『新古今和歌集』の撰者となる。元久《げんきゅう》二年（一二〇五）の完成披露の後、数年の編纂を続ける。その後和歌界の中心となった順徳《じゅんとく》天皇の内裏歌壇に指導的な役割を果たした。鎌倉幕府倒幕の計画が失敗した承久《じょうきゅう》の乱を経て、もとより親幕派的な姿勢を持っていた彼は順調な出世を遂げ、正二位権中納言に至る。貞永《じょうえい》元年（一二三二）には勅撰和歌集の単独の撰者となり、嘉禎《かてい》元年（一二三五）『新勅撰和歌集』を完成。また、この年には『百人一首』を撰んだと思われる。最晩年は古典書写に邁進し、『源氏物語』をはじめ平安朝の諸作品の後世への伝来に大きな功績も残す。仁治《にんじ》二年（一二四一）鎌倉時代初期の最重要な歌人としての位置を得て没する。その子孫は歌道の中心として中世の和歌界に重きをなした。家集『拾遺愚草《しゅういぐそう》』、漢文日記『明月記《めいげつき》』、『近代秀歌《きんだいしゅうか》』『詠歌大概《えいかのたいがい》』等の歌論も残す。

略年譜

年号	西暦	年齢	定家の事跡	歴史事跡
応保 二	一一六二	1	藤原俊成の子として生まれる	
治承 二	一一七八	17	別雷社歌合に出詠	
四	一一八〇	19	従五位上　明月記開始	頼朝挙兵　後鳥羽院生
養和 元	一一八一	20	初学百首	平清盛没
文治 元	一一八五	24	殿上での争論で除籍	平家滅亡
二	一一八六	25	除籍解除　二見浦百首	
三	一一八七	26	殷富門院百首	
四	一一八八	27	千載和歌集完成	
五	一一八九	28	西行の宮河歌合に加判	
建久 元	一一九〇	29	一字百首　一句百首　花月百首	西行没
三	一一九二	31		源頼朝征夷大将軍
四	一一九三	32	母没　六百番歌合	
九	一一九八	37	御室五十首	

正治	二	一二〇〇	39	正治初度百首　内昇殿許さる	
建仁	元	一二〇一	40	千五百番歌合となる百首 和歌所寄人　新古今撰集下命	
	二	一二〇二	41	三体和歌　千五百番歌合判詞 水無瀬恋十五首歌合	
元久	元	一二〇四	43	父俊成没	
	二	一二〇五	44	新古今和歌集完成披露	
建暦	元	一二一一	50	従三位となり公卿となる	
建保	四	一二一六	55	後鳥羽院百首　定家卿百番自歌合　拾遺愚草	
承久	二	一二二〇	59	内裏御会の歌で後鳥羽院の院勘	
	三	一二二一	60		承久の乱
貞永	元	一二三二	71	権中納言　関白左大臣家百首 新勅撰撰集下命	御成敗式目
天福	元	一二三三	72	出家　法名明静	
嘉禎	元	一二三五	74	新勅撰和歌集完成　百人一首	
仁治	二	一二四一	80	8・20没	

解説 「藤原定家の文学」——村尾誠一

変化の時代

藤原定家は平安時代末期の応保《おうほう》二年（一一六二）に生まれ、鎌倉時代初期の仁治《にんじ》二年（一二四一）に没している。この八十年間は、日本の歴史の上でも大きな変動期の一つであり、公家の時代から武家の時代へと移って行く大きな節目であった。具体的には平家の全盛時代から源平の合戦へ、そして、鎌倉幕府の成立へ、さらには、幕府と朝廷との衝突である承久の乱を経て、その戦乱に難なく勝利した幕府の政治的な優位が確立する時代までを含むことになる。定家は、今まで朝廷という一つの中心で動いていた古代国家が、幕府というもう一つの中心を持つことになる中世国家へと変化する時代を生きたのである。

時代が変われば、文化も変わる。和歌についても例外ではない。『古今和歌集』以来続いてきた平安時代の和歌も、時代にふさわしいものへの変化が求められる。そうでないと、時代から遊離した遺物になってしまうであろう。和歌を中世にふさわしい形に変えて行くことの中心にあったのが定家である。より正確に言えば、父親である俊成によってなされた和歌の変革を受け継ぎ、その方向を、作品や歌論、そして絶大な影響力によって定めたのが定家であった。

古典主義による新しい和歌

平安時代の和歌はすでに成熟した状況にあった。あまりに多くの作品が詠まれてしまっているので、新たな秀歌が詠まれることは難しいと考える歌人もいた。『古今和歌集』以来三百年にも近く、さらに『万葉集』にさかのぼる蓄積がある。さらには、和歌は貴族生活の中で、はみ出すことができない形を作り上げていた。桜は白雲や白雪に見立てられ、散りゆくのを心から惜しむというような、定型がすでにできていた。和歌を詠み継いでゆくには、そこから出てはいけない伝統がすでに形成されていた。

一方では、先に述べたような時代の変化とともに、貴族生活も変化を余儀なくされる。それは、好ましいことではなく、かつての輝きが失われるものであると捉えられていた。俊成は、そのような時代の変化の中で、本来の貴族生活の輝きを具現しているものが、伝統化された和歌であり、その和歌を含みながらより大きく世界を描く物語であると考えた。自分たちの時代は、貴族生活の全盛期であった十世紀前後からは大きく変わろうとしていると、自分の置かれた時代を自覚した時、そうした和歌や物語は、自分たちが保持して行かなくてはならない貴重な財産として意識されることになる。中世の和歌は、中世の生活の現実の上に成り立たせるのではなく、そうした文学的な財産、すなわち古典の上に成り立たせるべきだと考えることで、俊成は和歌を新しいものにしようとした。古典主義と名付けてよい方法の自覚である。

その方法を受け継ぎながら、作品の上で、さらには歌論の上で、それを確立させて行った

のが定家である。例えば定家は創作方法論として、『近代秀歌《きんだいしゅうか》』では、

詞《ことば》は古きをしたひ、心は新しきを求め、及ばぬ高き姿を願ひて、寛平以往《かんぴやういわう》の歌に倣はば、自《おの》づからよろしき事も、などかはべらざらむ。古きをこひ願ふにとりて、昔の歌の詞を改めず詠み据ゑたるを、則ち本歌とすと申すなり。

と言う。古典の上に立ち、古典の決まりに従うためには、古歌で詠まれた詞を用いる。その上で新たな世界を展開するという方法が語られている。具体的には古歌を自分の作品に引用し、その引用された作品の上に立ちながら、自らの作品世界を展開させて行くという本歌取《ほんかどり》の手法へと論は進められている。『近代秀歌』では、引用の量という具体的な技法論へ展開するが、創作方法論として注意しなくてはならないのは、古歌に具体的に立脚しながら、新たな世界を創作するという基本的な姿勢であろう。それは、根本的には王朝時代の輝ける時代であった十世紀前後の世界を甦らせる方法であり、古典の復興であり、復古主義であると言ってもよい。

定家の作品の特質

定家が、『近代秀歌』で見習うべき手本としているのは、「寛平以往」の和歌であった。「寛平」は平安時代初期の宇多天皇の年号であり、それ以前というのは六歌仙時代にあたる。『古今和歌集』に先立ち活躍した歌人ということになるが、特に、在原業平や小野小町が定家の念頭にあったと考えてよい。彼等は、以後の歌人たちと比べれば、破格な面、誤解を恐れずに言えば野性味のようなものを残していた。定家は、中世の和歌史の出発に当たって、そうした力の必要性を自覚していたのだと思う。

古典主義と言う場合、行儀の良い静かな世界がイメージされるかもしれない。しかしながら、定家の場合、それからはみ出る面が大いにある。彼の歌は、二十代から三十代にかけて「新儀《しんぎ》非《ひ》拠《きよ》達磨《だるま》歌《うた》」というレッテルを貼られたことがあった。「新儀」は伝統から逸脱することであり、「達磨」はやや蔑視的に禅宗を意味し、禅問答のような難解さへの非難である。つまりは、定家は新奇で分かりにくい歌の作り手としての非難を受けたことがあるのである。そのあたりの実際は、本書で鑑賞した和歌でも知られるであろう。さらに、そのような傾向は晩年においても、時々作品の中に顔をのぞかせる場合もあることも鑑賞で示しておいた。定家にとっては、生涯を通した傾向であり、現代の我々の目には、それが限りない魅力として映ることも確かである。

定家という歌人は、古歌の世界に立脚しながらも、そこからはみ出そうとする過激な力を常に持ち続けていた歌人であった。そもそも古典主義は、古歌そのままの世界を再生産することを意味するわけではない。古歌に立脚しながらも、そこに新たな物を付け加えて行かなくてはならないのは当然である。そうでない限り、伝統を墨守《ぼくしゅ》するだけで終わってしまう。だから、定家の持つような力は古典主義という理念においても、魅力的な創作者には不可欠なのである。そういう力の持ち主だからこそ、和歌を新しくすることができたのである。

新古今和歌集と新勅撰和歌集

定家はその生涯で二つの勅撰和歌集の撰者をつとめた。そのことだけでも歌人としては大きな仕事を残したことになる。

『新古今和歌集』は五人の撰者によって編纂された。さらに撰集を命じた後鳥羽院が、その編集作業の細部にまで強い発言力を持った。後鳥羽院は承久の乱の首謀者であるが、政治的にも文化的にも復古主義者であった。その理念と俊成・定家の古典主義に基づく新しい和歌の理念が一致を見た形での和歌集であった。

この集は、現代の目から見ても華麗な魅力的な集となっている。そこに収められた定家の作品も、傑作として評価される歌が多く含まれている。そして、その中には「新儀非拠達磨歌」というレッテルが理解できる作品も含まれている。定家周辺の歌人、後鳥羽院の作品にもそうした新奇さを含みもった作品も少なくない。これらは、中世の和歌として、平安時代の和歌とは異なる新しい和歌の様式を確立させようとする活力だと見てよいであろう。それが後鳥羽院を中心とする時代の中で共有された形で、この歌集に集結したのである。

承久の乱後に、定家晩年に、一人の手により撰ばれたのが『新勅撰和歌集』である。隅々まで彼の意向が行き渡っている様子は見て取れるのだが、現代の目から見れば、やや地味な印象のある歌集である。そこに収められた定家の歌も燻銀《いぶしぎん》にたとえられたり、落ち着いた、むしろ伝統を墨守するような印象の歌も少なくない。定家の老いや、乱を経て貴族社会がいよいよ輝きを失った時代背景も無視し得ない。しかし、『新古今和歌集』によって、新しい中世の歌が確立した後の、それを継承してゆくという性格が、地味な印象に帰着しているという面も和歌史的には捉えることができる。

十三世紀の半ばを過ぎれば、この二集の傾向が、「花」と「実」との対比で捉えられるようになる。「花」の過剰さが諌《いさ》められる発言が見られるようになる。「花」である『新古今和歌集』は敬遠され、「実」である『新勅撰和歌集』が重視されるという方向が見えてくる。

和歌が現代の家元制度のように、定家の子孫達を宗匠として代々伝承されて行き、保守的に、すでにあるものが保持されて行く傾向が強まるからである。『源氏物語』をはじめ様々な古典作品を書写したことも含めて、定家の文学上の権威もより確固としてくる。しかし、そのような中でも定家の伝統から逸脱しそうな過激な力は忘れられていたわけではない。それは時々に注目され、力量のある歌人が彼等なりにその再現を試み、和歌史がマンネリズムに陥らないようにする力として働くこともあったのである。中世を通して定家の文学的な力は大きかったのである。

読書案内

『新古今和歌集』（角川ソフィア文庫）　久保田淳　角川書店　二〇〇七
すべての作品に現代語釈が付されている。注も詳細であり、この歌集を読むための最良の注釈書である。

『新勅撰和歌集』（岩波文庫）　久曽神昇・樋口芳麻呂　岩波書店　一九六一
注が付けられていないが、この作品を読むのに、最も入手しやすい本である。

『藤原定家歌集』（岩波文庫）　佐佐木信綱　岩波書店　一九三一
現在絶版である。今後重版される可能性があるのであげておいた。なお、『拾遺愚草』はじめ、定家の全作品を訳注付で読める『訳注藤原定家全歌集』（久保田淳・河出書房新社・一九八六）も絶版だが、図書館などで利用もできよう。

○

『定家明月記私抄』（ちくま学芸文庫）　堀田善衛　筑摩書房　一九九六

『定家明月記私抄　続編』（ちくま学芸文庫）　堀田善衛　筑摩書房　一九九六
定家の日記『明月記』を作家の目により抄出し読解したもの。この日記の世界への入門としては最良である。

『松浦宮物語・無名草子』（新編日本文学全集）　樋口芳麻呂・久保木哲夫　角川書店　一九九九
『松浦宮物語』はこの本で全訳と注を付した形で読める。

○

『藤原定家』（人物叢書）　村山修一　吉川弘文館　一九六二
定家の生涯を歴史上の諸問題から辿ることができる。

『藤原定家の時代』（岩波新書）　五味文彦　岩波書店　一九九一
定家の生きた時代の文化と政治に関しての視野の広い良質な入門書。

『久保田淳著作選集　第二巻　定家』久保田淳　岩波書店　二〇〇四
やや専門的だが、定家の伝と文学世界を考えるための必読書である。

『定家百首　雪月花（抄）』（講談社文芸文庫）　塚本邦雄　講談社　二〇〇六
定家を宿敵とする現代歌人の手により、定家の作品から百首を選び対決するように現代語にし、評釈した迫力の一書。

『後鳥羽院　第二版』丸谷才一　筑摩書房　二〇〇四
後鳥羽院が主題だが、新古今時代の定家についても、極めて印象的に描かれている。

○

『中世の文学伝統』（岩波文庫）　風巻景次郎　岩波書店　一九八五
もとはといえば戦前の刊行書だが、古びない中世和歌史を提示する。

【付録エッセイ】　『唐木順三文庫』4　中世の文学（筑摩書房　昭和四十八年九月）

古京はすでにあれて新都はいまだならず

唐木順三

入道相国とか太政入道とか呼ばれていた平清盛の強引な宰配のもとに、都を摂津の福原に遷したのは治承四年六月二日のことである。この福原遷都を当時の人たちがどのような心で見たか、どのような反応を示したかを手元の材料から拾ってみよう。

九条兼実の日記『玉葉』は次のように伝えている。

五月二十三日に心を許している友の一人が来て世間話をした。談は福原下向に及んだ。天皇法皇上皇はもとより、洛中の諸人を一人残らず官兵が引率してゆくという風聞があるというのである。「只仰㆓天道㆒、憑㆓神明㆒、信㆓三宝㆒、凝㆓謹慎㆒許歟」というのが右大臣兼実のその日の感想である。六月一日に、入道相国のところへお伺いをたてて、明日行幸とともに福原に参るべきや否やを問い合わせたところ寄宿のところがないから追って通知するまで来るに及ばずという返事をえた。六月二日の日記には、天皇が城外の行宮に渡御されるということは希代のことで、「延暦以後すべて此儀なし」と書いている。とにかく異例の遷都で京都はごったがえしである。「異議紛紜、巷説縦横、緇素貴賤、以㆓仰天㆒為㆑事、只天魔謀㆑滅㆓朝家㆒、可ㇾ悲々々。」さらに六日の日記には、天皇の家主になった頼盛（清盛の弟）が、家主になったというたったそれだけの功績で正二位を授けられ、わが子の右大将良通より位階が上になったことを書き、「全全不ㇾ為ㇾ苦、物狂之世不ㇾ足ㇾ論二是非一、勿論々々」と結んでいる。後の『平家物語』には、「攝籙の臣の御子息、凡人の次男に加階被ㇾ越させ給ふ事、是始とぞ承る」と誌されている事柄である。

同じ年の九月には頼朝が伊豆で兵を挙げた。兼実は「謀叛賊義朝子」と書いている。乱代之至とか、我朝滅盡之期也とかいう言葉が見えるが、先例未曾聞事也という言葉も度々出てくる。大宮人の兼実には、福原遷都、源氏の挙兵も、ただ乱代の出来事、前代未聞の悪世としてしか映っていないようである。

藤原定家はこの年十九歳であった。『明月記』には次のような簡潔な記事がある。

五月三十日、「早旦着布衣参院、上下奔走周章、女房或有悲泣之気色、密招右馬允盛弘問子細、答云、俄有遷都之聞、両院主上忽可臨幸由、入道使申給、前途又不知安否、悲泣之外無他事云々、退出帰法性寺。」

いかにも颯爽とした若者の姿がみえるようである。一途に己が心中の問題に集中して、世上の事に無関心な姿である。『玉葉』の記事が世事に充ち、慷慨に充ちているのに比較して、これはまた、いかにも思いつめた者の簡潔さである。六月一日の記事、「天晴、遷都一定之由云々、伝聞、遷幸必然、或人云、云々、自余事不聞。」遷都の二日の記事はない。七日まで何も書いていない。八日には某が新都へ行ったことだけが誌されている。退出帰法性寺とか自余事不聞というひびきは、頼朝挙兵にあたっての周知の名句に通じている。同年九月の記事である。

世上乱逆追討雖満耳不注之、紅旗征戎非吾事。

果して定家の吾事が何であったか、何を心中で考えていたかの問題を直接に示すことはむずかしいに相違ないが、九月十五日の記、『明月記』でいえば、紅旗征戎非吾事のすぐ次に書かれている文章は、問題への手引になりうるだろう。

甲子　入夜明月蒼然、故郷寂而不聞車馬之声、歩縦容而遊六条院辺、夜漸欲半、天中有光物、其勢鞠之程歟、其色如燃、忽然如躍、以自坤赴艮、須臾破裂如打破爐、火散空中了、若是大流星歟、驚奇、与大夫忠信青侍等相共見之。

秋の満月の夜である。朝廷が福原に移った後の京都は既に京都ではない。古京となってしまって、明月の夜であるのに月を賞する風雅の人もいない。寂としている。十九歳の歌人は一人でゆっくりと六条院あたりを散策している。既に夜半に近い。光るものが天を飛んだ。「其勢鞠之程歟」の文字は、蹴球の達者であったという定家の若さがおのずからあらわれていて、ほほえましい。兼実一統の故実有識家であったならば、大凶の徴かとか、乱世の予兆かとか言ったに相違ないところである。定家はその色にむしろ見とれている。飛躍を敢えてすれば、命と取り換えてもつかまえたかったと若い芥川龍之介の書いている架空線の放つ紫色の火花と同じものを、この「光物」に感じていたのかも知れない。若い定家は己が夢みていた吾事、詩業への憧憬を、須臾にして散じつくしたこの燃ゆるような光に感じたといってもさして不自然ではなさそうである。とにかく紅旗征戎や福原遷都に周章し悲泣している世上の出来事とは違った層において、この光をみたことは事実である。「若是大流星歟」は、恍惚から醒めた後の反省であろう。「驚奇」は、それにしても不思議だなあ、という恍惚の反芻であろうか。最後に証人を挙げているのは、夢中の出来事ではないという自己証明ともいうべきか。とにかくこの九月十五日の記はおもしろい。名文である。芸術至上を生涯の生き方とした定家が既にここにあらわれている。文治四年（定家二十七歳）九月二十九日の日記、「天陰、入夜雨降、良辰徒暮、依難黙止云々」の条も併せ読むべきであるが煩をはぶこう。

紅旗征戎以外の世界で、定家はその時例えば次のような歌を作っていた（『初学百首』）。

をみなへし露ぞこぼるるおきふしに契り初めてし風や色なる
天の原おもへばかはるいろもなし秋こそ月のひかりなりけり

観念の過剰、夢の過多を思わせる。横溢する夢を三十一文字の中に強引に封じこめている。蓋し芸術至上の詩人に課せられた苦闘であろう。この苦闘にあえぐ定家は時に帝王にさえ「傍若無人」の感を抱かせた。憑かれた者の妄執はときに「ゆゆしげに」、ときに「ことはりも過たりき」と思わせた（『後鳥羽院御口伝』）。彼の難解の歌が当時達磨歌とか達磨宗という悪口を以てよばれたのも尤ではあるが、それは詩人の苦闘のありかたには触れていない。「風や色なる」「秋こそ月の光」と歌っても、果して本人自身がそこに定着を感じえたかどうかも疑問である。ただ過剰な想念の外にこぼれているのを見るばかりである。余情という風情とも遠い。むしろ若い詩人の苦吟とでもいうべきであろうか。とにかく定家において、歌は感情の自然の流露という趣きを失った。心情の直接吐露が歌ではない。歌は現実生活との断絶の上に始めて成立する。それが乱世乱代における定家の生き方であった。北村透谷の言葉を借りていえば、実世界を超えた想世界、人生と相渉らざるところに詩の世界がある。歌を独立した世界として建てようとした。歌は作るべきもの、技巧をこらしてみがき上げるべきものとなった。五十八歳で書いた『毎月抄』はそれを充分な形で示している。「此道をたしなむ人は、かりそめにも執する心なくて、なをざりによみすつる事侍べからず。」「相構て、兼日も当座も、歌をば能々詠吟して、こしらへて出すべきなり。疎忽の事は、かならず後難侍べし」と彼は教えている。彼のいう有心とは、率直にいえば現実から遊離した歌の世界を支える柱であった。心、観念において歌は保たれる。自然の吐露ではない心のみがきあげた工夫によって歌の世界は成立する。幽玄とか余情とかいう曖昧な言葉を次にして、有心を中心においたのは、いわば歌世界の独立宣言に外ならなかった。

春の夜の夢の浮橋とだえして嶺にわかるる横雲の空

定家三十七歳の作である。王朝時代以後の最高峰とか、人麿の傑作と拮抗しうべき歌とかいわれているものである。小島吉雄氏の『新古今集講話』所載の鑑賞と解釈が詳しくもあればまたすぐれてもいる。ここでは定家の技巧と独立世界が調和した姿をとっている。心と詞とが過不足なくつり合っている。定家の理想がここに実現せられたわけである。一転すればなんだまあ、という他愛なさにもなりかねない危いものへ、生涯を賭するとは、またどうしたことであろう、という疑問を起こさせるほどの、もろい完璧さのなかに定家はいた。

（以下略）

村尾誠一（むらお・せいいち）
＊1955年東京都生。
＊東京大学大学院修了。
博士（文学）
＊現在 東京外国語大学大学院教授。
＊主要著書
『中世和歌史論　新古今和歌集以後』（青簡舎）
『残照の中の巨樹　正徹』（新典社）
『新続古今和歌集』（明治書院）

藤原定家《ふじわらていか》

コレクション日本歌人選　011

2011年２月28日　初版第１刷発行
2018年10月５日　初版第２刷発行

著　者　村尾　誠一
監　修　和歌文学会

装　幀　芦澤　泰偉
発行者　池田　圭子

発行所　有限会社　笠間書院
東京都千代田区神田猿楽町2-2-3［〒101-0064］
電話　03-3295-1331　FAX　03-3294-0996

NDC 分類 911.08

ISBN978-4-305-70611-9

印刷／製本：シナノ
（本文用紙：中性紙使用）

コレクション日本歌人選　第Ⅰ期〜第Ⅲ期

第Ⅰ期　20冊　2011年（平23）2月配本開始

1	柿本人麻呂	かきのもとのひとまろ	高松寿夫
2	山上憶良	やまのうえのおくら	辰巳正明
3	小野小町	おののこまち	大塚英子
4	在原業平	ありわらのなりひら	中野方子
5	紀貫之	きのつらゆき	田中登
6	和泉式部	いずみしきぶ	高木和子
7	清少納言	せいしようなごん	圷美奈子
8	源氏物語の和歌	げんじものがたりのわか	高野晴代
9	相模	さがみ	武田早苗
10	式子内親王	しょくしないしんのう（しきしないしんのう）	平井啓子
11	藤原定家	ふじわらていか（さだいえ）	村尾誠一
12	伏見院	ふしみいん	阿尾あすか
13	兼好法師	けんこうほうし	丸山陽子
14	戦国武将の歌		綿抜豊昭
15	良寛	りようかん	佐々木隆
16	香川景樹	かがわかげき	岡本聡
17	北原白秋	きたはらはくしゆう	国生雅子
18	斎藤茂吉	さいとうもきち	小倉真理子
19	塚本邦雄	つかもとくにお	島内景二
20	辞世の歌		松村雄二

第Ⅱ期　20冊　2011年（平23）9月配本開始

21	額田王と初期万葉歌人	ぬかたのおおきみ　しょきまんようかじん	梶川信行
22	伊勢	いせ	中島輝賢
23	忠岑と躬恒	みぶのただみね　おおしこうちのみつね	青木太朗
24	紫式部	むらさきしきぶ	植田恭代
25	西行	さいぎよう	橋本美香
26	今様	いまよう	植木朝子
27	飛鳥井雅経と藤原秀能	まさつね　ひでよし	稲葉美樹
28	藤原良経	ふじわらりようけい（よしつね）	小山順子
29	後鳥羽院	ごとばいん	吉野朋美
30	二条為氏と為世	にじようためうじ　ためよ	日比野浩信
31	永福門院	えいふくもんいん（ようふくもんいん）	小林守
32	頓阿	とんあ（とんな）	小林大輔
33	松永貞徳と烏丸光広	ていとく　みつひろ	高梨素子
34	細川幽斎	ほそかわゆうさい	加藤弓枝
35	芭蕉	ばしよう	伊藤善隆
36	石川啄木	いしかわたくぼく	河野有時
37	漱石の俳句・漢詩		神山睦美
38	若山牧水	わかやまぼくすい	見尾久美恵
39	与謝野晶子	よさのあきこ	入江春行
40	寺山修司	てらやましゆうじ	葉名尻竜一

第Ⅲ期　20冊　2012年（平24）5月配本開始

41	大伴旅人	おおとものたびと	中嶋真也
42	東歌・防人歌	あずまうた　さきもりか	近藤信義
43	大伴家持	おおとものやかもち	池田三枝子
44	菅原道真	すがわらみちざね	佐藤信一
45	能因法師	のういんほうし	高重久美
46	源俊頼	みなもとしゆんらい（としより）	高野瀬恵子
47	源平の武将歌人		上宇都ゆりほ
48	鴨長明と寂蓮	ちようめい　じやくれん	小林一彦
49	俊成卿女と宮内卿	しゆんぜいきようじよ　くないきよう	近藤香
50	源実朝	みなもとさねとも	三木麻子
51	藤原為家	ふじわらためいえ	佐藤恒雄
52	京極為兼	きようごくためかね	石澤一志
53	正徹と心敬	しようてつ　しんけい	伊藤伸江
54	三条西実隆	さんじようにしさねたか	豊田恵子
55	おもろさうし		島村幸一
56	木下長嘯子	きのしたちようしようし	大内瑞恵
57	本居宣長	もとおりのりなが	山下久夫
58	正岡子規	まさおかしき	矢羽勝幸
59	僧侶の歌	そうりよのうた	小池一行
60	アイヌ叙事詩ユーカラ		篠原昌彦

『コレクション日本歌人選』編集委員（和歌文学会）
松村雄二（代表）・田中　登・稲田利徳・小池一行・長崎　健